魔幻侦探系列

3

梦中消失

林詠琛 ⊙ 著

深圳出版社

图书在版编目（CIP）数据

梦中消失 / 林詠琛著 . —— 深圳：深圳出版社，

2025.1.——（魔幻侦探系列）. —— ISBN 978-7-5507

-4109-6

Ⅰ . I247.5

中国国家版本馆 CIP 数据核字第 2024VG9822 号

版权登记号 图字：19-2024-165

梦 中 消 失
MENGZHONG XIAOSHI

出 品 人　聂雄前

责任编辑　何旭升　孙　艳

责任技编　梁立新

封面设计　于吴万勋

出版发行　深圳出版社

地　　址　深圳市彩田南路海天综合大厦　（518033）

网　　址　www.htph.com.cn

订购电话　0755-83460239（邮购、团购）

排版设计　深圳市无极文化传播有限公司　Tel：19168919568

印　　刷　深圳市汇亿丰印刷科技有限公司

开　　本　889mm×1194mm　1/32

印　　张　6.75

字　　数　147千

版　　次　2025年1月第1版

印　　次　2025年1月第1次

定　　价　50.00元

目
录

Chapter 0　楔子

巫马和孔澄的视线交接，不约而同地调开视线，盯视着流理台上的牛皮纸袋。

巫马把手探进牛皮纸袋里，掏出一把枪，像开玩笑般把枪口朝向孔澄。

"啊，是最新型的枪支，真帅。"巫马眯起眼睛，从瞄准镜中，可以看见孔澄苍白的脸。

巫马把牛皮纸袋旋转一百八十度返回孔澄面前。

"我不玩不公平的游戏。孔小澄，拿起你的枪。"

孔澄噙着泪水猛摇头。

"孔小澄，拿起你的枪。"

"我不要。"

"拿起来。"

孔澄颤抖着手，把手探进牛皮纸袋里，掏出另一把枪。

像二十七年走过的人生般沉重的枪支。

"巫马，不要逼我。"

孔澄用双手举起枪，把眼睛探向瞄准镜。

黑洞似的枪口包裹着巫马的身影。

那似熟悉又陌生的身影。

"巫马，不要逼我。"

"已经太迟了。对不起。"巫马把手指移向扳机。

孔澄也把手指移向扳机，泪水簌簌地滑落她的脸庞。

"想不到会变成这样。"巫马说。

"巫马。"

"孔小澄，对不起。"

两人一起扣动扳机。

枪声响彻小小的公寓。

003

Chapter 1 梦的种子

孔澄拉着行李箱领先走进公寓，脱下短靴，快步跑至阳台的落地长窗前拉开敞门。

"进来啦。"孔澄有点腼腆地回过身，朝仍站在门外的巫马说。

渗着晚秋落叶气息的夜空气卷进小公寓，柔柔掀动白纱窗帘。

"喂，脱鞋，脱鞋呀。"

"嗄？"巫马拍拍后脑袋瓜，弯下高大的身躯，随意甩掉脚上的麂皮鞋。

"真是的，鞋子不要东歪西倒地乱甩哦。"

孔澄啪哒啪哒地跑回客厅玄关，跪在榻榻米上，把巫马的一双鞋端正地放好。

"孔小澄就是个啰唆的大婶。"

巫马吊儿郎当地耸耸肩，甩下手上的旅行包，双手放在牛仔裤后，环视着二百平方英尺（约十九平方米）的长方形客厅。

"很有女生气息嘛。"巫马笑看着粉蓝色双人沙发上随意乱丢的女性杂志，榻榻米上胡乱堆叠着的漫画、小说和电影光碟。

"这个玩意有意思。唔，很适合孔小澄。"巫马一屁股坐进从天花板悬下的藤制椭圆形吊椅，伸着长腿优游地晃荡起来。

孔澄咬咬唇。那是她最心爱的吊椅。平日回家，总是先泡过浴，换上干净的睡衣，才优游地坐进吊椅，边含着橙味珍宝珠，边翻翻漫画小说什么的。

孔澄看着巫马沾着一身灰尘坐进吊椅里，只有干瞪眼。

"喂，你到底为什么跟着我回家嘛？"孔澄伸起脚板踢踢吊椅。

在苏格兰解决了"水中消失"事件，坐了十多个小时飞机回香港，孔澄早已累得贼死，在机场准备跟巫马分手时，巫马却突然说："孔小澄你一个人住吧？我今晚就到你家打扰好了。"

"嗄？"孔澄刚从行李运输带上抬起沉甸甸的行李箱，差点把行李箱砸在脚趾上。

孔澄的心扑通扑通地乱跳。

"我早已卖掉香港的公寓，准备退休环游世界去了。是孔小澄你不长进，才逼着我回来的。我现在无家可归，你当然得想想办法。"巫马一脸理所当然。

什么跟什么嘛？

原本懒惰地任职报纸饮食版小记者，每天优优游游地吃吃喝喝又过一天的孔澄，平静无浪的人生，之所以会被弄得一团糟，都是这个笑起来面孔像沙皮狗般皱成一团的男人害的。

无论横看竖看，这个男人也不像厉害的冥感者。同样地，无论朝镜子瞪着自己的面孔看多少遍，孔澄也无法相信自己是命运挑选，拥有奇异感应能力的冥感者接班人。

然而，该发生的一切还是发生了。她邂逅了巫马，一起解决了"画中消失"和"水中消失"事件。那时候，她曾许下诺言，回香港后，会乖乖跟随巫马协助警察的秘密组织解决不可思议事件。

但是，可没想过要把他招呼到家里去。

"巫马你即使暂时无家可归，到酒店住就好啦。"孔澄嘀咕着，抬起眼睛，偷眼瞧瞧巫马的侧脸。

巫马的五官看起来明明很平凡，但侧脸却蛮有个性。

在孔澄眼中，巫马拥有数不清的面孔。

嬉皮笑脸，吊儿郎当，冷峻沉着，睿智沉稳。

孔澄永远弄不清哪个才是真正的他。

两人明明那么接近，却永远像隔着遥远的距离。

唯有在画中消失的女孩姜望月，才曾经真正潜进过他的心田吧？

孔澄想起姜望月那如星月般闪亮动人的眼眸，一颗心如被人用锤子痛敲着。

孔澄习惯性地皱皱鼻尖。

真讨厌自己鼻尖上的雀斑，如果自己有姜望月那么漂亮就好了。

"孔小澄，发什么呆？我明天会去找酒店。今天晚上哪，有点事情要跟你做。"

巫马嬉皮笑脸地朝孔澄眨眨眼，露出一排整齐洁白的牙齿，领先迈开大步朝出租车站走去。

孔澄提着一颗悬着的心，拖着沉重的行李箱，三步并作两步地追随着巫马。

这个男人，完全没有绅士风度。皮肤黝黑，像只豺狼。无论外在与内在也教人讨厌。是的，讨厌透顶。孔澄拼命在心里跟自己重复说。

在出租车车厢里，随着出租车的里程表不断跳动，孔澄的心也不断跃动。

今晚孤男寡女共处一室，巫马到底打算干什么吗？

孔澄双颊发烫，不断神经质地眨着眼睛。

"孔小澄，你又发什么呆？快去洗澡吧。今晚要早点睡觉，明早带你去见组织的人。"

巫马嘴里的组织，就是那个秘密警察组织。

从呆想中被唤回现实的孔澄微微张着嘴。

巫马仍然优哉游哉地摇荡着吊椅。

"要、要睡觉了吗？"孔澄讷讷地用双手擦擦绯红的双颊。

怎么办？巫马说要来她家"做"的事情，就是"那个"吗？

两人还未牵过手哦。

不，手算是牵过了。巫马每次在危急中拯救她时，总是紧紧牵着她的手，但是……但是……这么快要进展到下一步了吗？

孔澄可是一点心理准备也没有啊。

自己是在做梦吗？

"哦，你要收拾行李是吗？那我先去淋浴好了。三分钟就行。浴室在哪儿？"

巫马拍拍大腿站起来，舒服地伸个懒腰，开始翻起黑色套头毛衣。

"喂，不要在我面前脱呀。"孔澄别过脸去。

巫马双手僵在半空中，一脸啼笑皆非的表情。

孔澄忐忑地打开睡房的门，说："浴室在里边啦。我只有香薰沐浴露，很昂贵的，不要浪费。"

巫马没好气地揉乱孔澄的短发，说："你真的很烦人哟。"

巫马边打开浴室门，边随意瞄了瞄孔澄的房间，孔澄的脸突然刷白了。

睡床上铺着中学时同班同学们一起缝制的碎花布方格图案床罩，就是那种每个人准备一块小方格图案花布，再合力缝起来，颇有乡村气息的手工艺品。

用了超过十年，褪色的床罩看来已十分残旧，孔澄却一直舍不得丢弃。

那看来土土的床罩上，还放着孔澄从小学时便一起伴着她睡觉，眼耳口鼻也有点剥落的"变脸"毛小熊。

作为一个二十七岁女子的闺房，真是惨不忍睹。

孔澄绝望地把五官皱成一团。

为什么百货公司大减价时，自己不好好换上高贵又妩媚的象牙色丝质床罩啊？真是逊毙了。

孔澄疾步走至床前，用背部挡着巫马的视线，一把抱起小熊塞进被单里。

"那是我们第一次见面时，我卖给你的水晶灯吗？"巫马的声音在背后响起。

孔澄瞄了瞄放在床头柜上的水晶灯和水晶珠音乐盒。

自己一直像呆瓜般珍藏着，巫马给她的东西。

"嗯。"孔澄尴尬地点点头。

"女生的房间真可爱。"巫马吹着口哨，悠然地踏进浴室关上门。

浴室里传来莲蓬头的洒水声，孔澄如释重负地瘫坐在床上，从棉被里救出小熊，抚摸它的脑袋说声抱歉，把它的小身体塞进床头柜抽屉内。

孔澄赶忙翻起褪色的床罩，坐在白色床单上，环视着小小的睡房。

巫马真的有"做"那个的意思吗？不过，一切好像发展得太快了嘛。孔澄慌乱地想，忐忑地瞪着淡橘色的地毯发呆。

"好舒畅。"浴室门被打开，温热的水蒸气模糊了孔澄的视线，"冰箱里有啤酒吗？"肩头搭着白毛巾，换上一身灰色运动服的巫马走出来。

"嗯。"孔澄别扭地站起来。

巫马走出睡房，孔澄竖起耳朵，听着冰箱门开动又关闭的声音，不消三十秒，巫马已捧着瓶装啤酒回来，酣畅地仰头喝着。

睡房是禁止携带食物饮料进来的呀。孔澄在心里嘀咕。

"还不快去洗澡？"巫马一脸自然地一屁股坐在孔澄床上。

粗硬的短黑发有些湿，跷起二郎腿喝着啤酒的巫马，好像是这房间的一部分般自然。

孔澄红着脸走进浴室，手忙脚乱地淋过浴，照镜子用梳子整理好乱蓬蓬的短发，在干燥的唇上涂上薄薄的润唇膏，再拉拉身上的杏色毛线衣与棉裤。

深呼吸三下后，孔澄一把拉开浴室门。

"接下来要做什么？"孔澄鼓起勇气看着还坐在床边，正仰脸干掉瓶装啤酒的巫马。

"你就穿这样睡觉吗？"巫马稀奇地看着孔澄一身像准备外出般整齐光鲜的毛线衣和棉裤。

"我、我平常都是穿这个睡的呀。"孔澄结结巴巴地说。

事实是，孔澄每晚都是穿起毛球又掉了纽扣的蓝白格子男装毛睡衣的。

但是，即便用枪管指着她，她也不会在巫马面前穿上那副装束睡觉。

"喔。"巫马耸耸肩，"那我们睡觉喽。"

孔澄刷地又涨红了脸，问："你……真的要睡这儿吗？"

"欸？"巫马回过身来，一脸不解的表情。

"我……"孔澄垂下眼帘看着自己圆滚滚的脚指头。

为什么脚趾不长漂亮一点呢？

说真的，毛线衣下的身材也没什么看头。

"喂，还杵在那儿干什么？还不过来？你忘了我们今次回来干什么的吗？"

"嘎？"

"还不过来睡觉的话，就赶不及做梦了。"

巫马随意地在床头柜上放下空啤酒瓶。

"做梦？"

"我不是说今天晚上有事情要跟你做吗，你忘了吗？"

"做……"孔澄愕然地张大嘴，"你是指'做'梦？那怎么会是你跟我'做'呢？"

孔澄一双圆眼睛睁得大大的。

心里虽然如释重负，却又禁不住泛起一丝失落。

自己到底是怎么了？

孔澄甩甩头。自己真是个色情的女子。

"你听我好好说就会明白了。"

巫马拍拍床单，招手叫孔澄过去。

"今天晚上，很抱歉，我要睡在你旁边。不过，你当然可以相信我的吧？"

巫马若无其事，理所当然地抱着胳臂说。

什么当然可以相信？自己可是黄花闺女哦。巫马是脑里少根筋还是什么的？

抑或，他根本从未把自己当作女生看待？

孔澄的眼神黯淡下来。

"我要跟你做个小小的实验，让你相信和体验梦的力量。"巫马收回嬉皮笑脸的表情，一本正经地看着孔澄的眼睛说。

"梦的力量？"孔澄喃喃念着，"对了，你曾经说过今次的事件，就是什么人的梦境被吃掉了吧？"

孔澄一脸心不在焉。

"不要口齿不清地回答，人的梦境被吃掉的话，是很严重的事情。"

望着巫马严肃的神情，孔澄不解地蹙着眉。

"孔小澄相信梦拥有不可思议的力量吗？"

"梦？"孔澄歪着头说，"不就是每晚睡觉时，杂乱无章地出现在脑海的画面吗？"

巫马摇摇头。

"孔小澄，你好好听着，每个人的梦境，都拥有不可思议的力量。知道谁是荣格吗？"

"荣格？"孔澄绞尽脑汁地努力想。好莱坞老旧电影里，好像有个明星叫尊荣，是那个西部牛仔吗？

"好像、好像听过这个名字啦。"孔澄不想让巫马觉得自己很笨，胡乱地点头。

"哦。"巫马吁一口气，"那省了我很多工夫。你懂得荣格的'集体潜意识论'吗？"

孔澄一脸茫然地张着嘴。

"欸？你知道荣格，但不知道他的心理学理论？"巫马狐疑地问。

"荣、荣格。对、对了，是著名的心理学家嘛。"孔澄察言观色地附和。

巫马深深看了孔澄一眼，绝望地叹口气。

"荣格相信，通过研究梦境，可以接触人类的'集体潜意识'。你的梦境，并非'日有所思，夜有所梦'那么简单。梦境并不是你自编自导自演，晚上一个人观看的私人电影，而是人类的'超意识'与整个宇宙相联系的窗口。"

"欸？"孔澄听出兴头来了，有点忘形地坐上床，交叠着双腿瞪着巫马。

"换言之，在梦的境界，埋藏着人类过去、现在与未来的一切秘密。懂得运用梦的力量的人，等于持有解开宇宙秘密的钥匙。"

巫马双眸荡漾出奇异的神采。

"慢着慢着。"孔澄举起手，"别说得那么快。我还未明白啊。"

巫马如被浇了一头冷水般叹口气。

"我打个比喻解释好了。你可以把梦的世界想成是一个拥有无限藏书的图书馆。在这图书馆的藏书里，可找到记载着人类过去、现在及未来的书本。"

"那就是集体潜意识？"

"人的存在，不只限于肉体，当我们失去肉体时，我们的记忆，仍然以脑电波的形式，存在于宇宙中。就好比电脑内的软件，电脑的机件坏掉了，让懂得修理的人修复，就能把软件从储存器中重新抽取出来。"

"你是说，已逝世的人们的记忆软件，还存在于宇宙中？"

巫马露出嘉许的眼神点点头。

"历史中曾经发生的一切，人类的集体记忆，仍然飘荡于宇宙中。"

"那就是我们祖先的记忆，我们前生的记忆？"

巫马大力点头。

"不过，那只是过去的部分。同样的道理，在睡眠的时候，在梦境的国度里，今生的我们，全世界的人们的集体意识，也飘荡于梦之国里。只要懂得运用梦的力量，也能采摘世界各地不同角落人们的意识。"

"那就是现在的部分吧。那未来又怎样？"

"未来？那就要看你相不相信神灵啦。神灵也是一种脑电波或意识，在梦境的国度，当然也可以与神灵的意识接触，偷看未来的契机。"

"真的吗？"孔澄露出半信半疑的表情，"这么深奥哦。"

孔澄听得头皮发麻，有点不以为然。

"为什么连做梦这么好玩的事情都要把它复杂化耶？那些什么科学家、哲学家、心理学家真是闲着没事干。"

"这可不是闹着玩的研究。而且，虽然从来没有作出公开承认，事实上，人类对梦境解码的研究，早已取得了突破性的成果。"

巫马露出有点抑郁的表情。

"因为掌握了给梦境解码的科学，懂得吃梦的人，就成为国际政府间重要的间谍人才。"

"间谍？"孔澄的注意力终于回来了，"间谍不就是像铁金刚007或长江九号那样，混进政府机关中，偷取重要情报或文件的干探？"

　　孔澄想起电影中英俊拔萃、风流倜傥的铁金刚，不禁手舞足蹈，双眼发光。

　　巫马点头又摇头。

　　"那只是其中一种形式的间谍工作，虽然听起来很不可思议，但是各国政要的梦境，才是最珍贵的资料宝库。"

　　"欸？"

　　"你应该听过无数古埃及与古希腊的传说吧？那时的帝王们利用梦境的预言，来决定国家大事。时至今日，各国的政府，其实也延续做着相同的事情。只是，他们并非利用自己帝皇或总统的梦境解码而决定国策，那毕竟是古老的迷信。今日的尖端梦境研究，是透过偷取别国政要的梦境解码，攫取别国政府的机密信息。"

　　"梦的间谍？听起来蛮帅的喔。"

　　孔澄半信半疑地耸耸肩。

　　"不过这些什么世界大战，各国政府间谍网的事情，对我来说太遥远了，和你所说的不可思议事件到底有什么关系吗？"

　　淋过热水浴，孔澄已经一脸发困。

　　"那我就长话短说吧。香港一直与世无争，但是，自从回归中国之后，政府内部有些人想向当权者献媚，因此想为国家提供拥有吃梦才能的间谍。中国是二十一世纪正蓄势待发的大国，如果能拥有吃梦间谍，对于别国的谋略和应对，将会更胸有成竹。然而，在香港乃至整个国家的冥感者当中，据我所知，并没有人拥有吃梦的异能。半年前，一位本地的梦境研究专家向警察秘密组织提出了一项计划，就是研究用后天方法培训出拥有吃梦异能的人。"

"后天培训？"

"吃梦是一项天赋的潜能。即使是冥感者，也不一定能锻炼出这异能。"

巫马一脸嗤之以鼻的表情。

"他们却想通过实验进行研究。实验原本分为三个阶段：第一阶段是'同梦'研究，就是培训普通人的心电感应能力，让他们能与别人做出相同的梦。"

"同梦？怎么可能？"

巫马不耐烦地挥挥手。

"那不过是鸡毛蒜皮的能力，普通的冥感者也能轻易做到。外国专家对普通人进行的实验早就获得成功了。不过，同梦与吃梦完全不同，同梦不过是两个人相约好晚上要做相同的梦，运用念力让它实现罢了。"

巫马说得轻松平常，孔澄却觉得那已经非常莫测高深。

"第二阶段是'锁梦'。把锁定的人带进自己制造的梦境中。同梦必须依赖做梦的双方共同合作，锁梦则是单靠做梦者的个人意志，把别人带进自己构筑的梦境，所以是技高一筹的念力锻炼。不过，那也没有什么大不了。"

巫马还是一脸悠然的表情。

"到第三阶段才是最高深的'吃梦'或'盗梦'。吃梦就是潜入和盗取别人的梦境。外国专家通过对普通人进行实验，证实'同梦'和'锁梦'的能力都能通过后天成功培训出来，但是后天培训普通人拥有'吃梦'能力，据我所知，直至今天，还没有任何国家的专家成功进行过。"

"但是，本地却有心理学家自信能做到？"孔澄佩服地嚷。

"提出计划的人是心理学博士齐学谦，你明天就会见到他了。但是，他提出的实验，在第一阶段进行中便失败了。"

"失败？"

"是比失败更糟的结果，参加实验的六个普通人，已经有两人死亡了，另外一人在医院处于昏迷状态，还有一人被送进了精神病院。"

"嘎？怎么会？"

"有关那些案件的详情，警察部的人明天会跟我们详细说明。我只知道，实验突然中断了，然后参加过那实验的人们相继遭遇不测。"

"欸？"孔澄呆呆地张着嘴，"因为参加一项简单的研究而送掉性命吗？怎么可能？"

"我想，那些奇诡的死亡事件，一定与梦之国的事情有所关联。在明天听取详细案情之前，我希望你能先相信梦的力量。"

"梦的力量？"

孔澄还是一脸茫茫然。

"大部分的人，终其一生，也不会发现梦的力量。但你是拥有奇妙感应能力的人，你应该比任何人，更容易领略梦之国的奥秘。所以，今晚，我想跟你做个小小的实验。"

"梦境的实验？"

巫马点头。

"同梦的能力，不需要多加锻炼，只要运用念力，你就能轻易体验。"

"真的吗？"孔澄兴奋得双颊泛红。

巫马点点头。

"你是说，今天晚上，我可以和你做同一个梦，在梦中相见？"

"嗯，这是运用梦的力量的最初阶训练。不只我们这些拥有异能的人，我说过，即使是普通人，像孪生兄弟姐妹、感情亲密的爱人或朋友，经过锻炼，也可进行同梦。"

"真的吗？"孔澄还是兴奋地重复念着。

"普通人可能要努力试验很多次才会成功，但如果是我和你的话，应该没有问题吧。如果我们睡在同一张床上，肉体的亲密感加上运用心电感应，应该一定会成功。"

巫马说"肉体的亲密感"说得泰然自若，孔澄却早已涨红了脸。

"怎样？要不要试试在梦中见？"

"我才不想在梦中又看见你呀。不过，如果是为明天要应付的事做好准备，我是无所谓啦。"孔澄口不对心地说。

和巫马进行同梦游戏吗？孔澄心如鹿撞。

"那就开始吧。"巫马交叠双腿坐在床上，面对着孔澄，正色地说。

"首先闭上眼睛，摒除一切杂念。"

巫马和孔澄面对面坐在床上，两人均交叠着双腿，双手放于膝上。

孔澄闭上眼睛，半晌后，又暗地睁开右眼，偷瞧着巫马。

果然是一脸认真的表情在闭目养神嘛。

房间的灯已被关掉，只有柔柔的月光从孔澄背后的窗户流曳进房间里，在巫马微垂下的脸上游走。

这个人只要闭上嘴巴，认真做事的时候，感觉还是蛮帅啦。

孔澄不自觉地托着腮，凝望着巫马微微颤动着的浓黑睫毛。

"你根本没有屏息静气，集中精神吧？"仍然紧闭着眼睛的巫马蹙着眉问。

"噢。"孔澄尴尬地拉直背部，把双手重新置于膝上，慌忙闭上眼睛。

这个人醒着时是个大闷蛋，或许在梦中跟他见面会比较好啦。

"我可以随心所欲做任何梦吗？"

"同梦的意思，就是相约在梦中见。我们可以先说好想在哪儿碰面，一起做什么。"

"哦。"

"先闭上眼睛，集中心神。"

孔澄深呼吸一口气，这次认真地收拾心神。

"现在，微微上下摇动你的头，把注意力集中在你头颅与后脖间的中心点上。感觉到了吗？头颅与后脖间的中心点。"

"嗯。"

"现在，想象一个像高尔夫球般大小，放射着金光的小圆球，在你面前浮动。"

"嗯。"

"好好看见了吗？一个放射着金光的小圆球，正在你面前的空气中浮动。"

"嗯。"

"想想你希望今晚在梦中与我一起做什么，在哪个地方见面。在心里形成句子，重复跟自己说三遍。"

孔澄微笑着，眼睫毛微微颤动。

"孔小澄！"

"嗄？"

巫马着慌的声音，把孔澄吓了一跳。孔澄蓦地睁开眼眸，什么小金球，浮在空气中的句子全消失无踪了。

面前的巫马也大大地睁开了双眼，瞪着孔澄。

"干吗？人家一直干得好好的。"

"我不要玩云霄飞车！你今年多少岁了？选另一个场所，

去游泳池好了，孔小澄不是不懂游泳吗？我们在游泳池见，我教你游泳好了。"

孔澄讶异地睁大双眼。

巫马接收到了。

她在心里形成的句子是：今天晚上，我和巫马会在梦中见，一起去玩云霄飞车。

"啊，你真的接收到了？"孔澄忘形地嚷。

"绝对不要玩云霄飞车。"巫马微微红着脸说。

"喔。"孔澄呆了呆，忽然眯起眼睛笑起来，"我终于抓到巫马聪的弱点了。原来，你害怕云霄飞车。"

"谁说我害怕？三十多岁人了，谁要玩云霄飞车？"

"我今晚做梦就是想去游乐场，你不玩的话就拉倒。"

巫马脸上红一阵白一阵。

"坦白承认害怕的话就饶你。做人嘛，还是坦率一点好。"孔澄得意洋洋地说，"你是害怕吧？"

"开玩笑，我、我怎会害怕这种小孩玩意？"巫马有点结巴地答。

"不害怕就说定啦。"孔澄拍拍手，一脸乐不可支。

只会训话她的巫马聪，原来也有像小孩般脆弱的时刻。

"你不要再打扰我啦，差点就成功了。这样下去，今晚不用睡觉，也不用做梦了。"

孔澄得势不饶人，自顾自地重新闭上眼睛。

"快闭上眼睛，集中心神，重新开始吧。"

巫马叹了口气，拍了拍膝盖重新闭上眼睛。

两人重新开始，孔澄再次看见小金球飘荡在半空中，心中重复着玩云霄飞车的句子。

"把你所想的句子幻化成文字，看见那句文字飘荡于半空中吗？"

"嗯。"

"那就是你梦的种子，现在，把种子收进小金球中。"

孔澄在心眼中，看着飞舞的文字被吸进小球的金光中。

"想象那颗小金球缓缓飘移至你身后，透过你头颅与后脖间的中心点，渗入你的身体内。"

"让那柔和温暖的金光慢慢爬升，一点一滴融化入你的后脑。"

"放松身体，相信那颗梦的种子已种植于你的后脑中。你的后脑会接收到种梦的指令，今晚进入梦乡，你想象的梦便会成真。"

"好，现在慢慢睁开眼睛。"

孔澄缓缓地睁开眼睛，有点迷惘地看着面前的巫马与幽暗的房间。

刚才，自己好像真的感受到了。

全身变得轻轻软软，只有自己一人盘坐于幽暗的虚空之中，面前是放射着金光，浮游飘动的小金球。脑海里浮现的文字，在空气中画出字体。然后，那些文字，一一被吸进柔和的金光中。小金球藏着梦的种子静静舞动，绕至自己身后，潜进自己身体内。

孔澄以不可思议的表情，眨动着清亮的眼眸。

"今晚，让我们在梦中见吧。"

相对而坐的巫马，闪动着漆黑的眼眸，笔直地看着孔澄的眼睛，以柔和坚定的声音说道。

"梦中见。"

"好好睡吧。"

巫马掀开棉被，孔澄乖乖地躺进被窝里。

巫马替她盖上被子，自然地睡在她身旁。

孔澄以为自己的心会忐忑狂跳，无法入睡。

然而，不可思议地，感受着身旁巫马温暖的气息，孔澄眨动了数下眼睛，便缓缓沉进了海床般深深的睡眠。

孔澄在漆黑中惊怖地睁大眼睛，发现自己在尖叫。

她霍地从床上坐起来。

幽暗的房间里，只听见她浑浊的喘息声。

啊，是梦。

刚才做了很可怕的梦。

很可怕，很可怕的梦。

但是，无法记起梦境的内容。

一颗心还在胸腔内狂跳。

房间里，有另一把喘息的声音。

孔澄霍然回过脸去。

坐在她身旁的巫马，脸上爬满汗水，胸腔激动地上下起伏着。

巫马？巫马怎会睡在自己的床上？孔澄懵懂地想。

一瞬间，睡梦前的一切清晰地回荡至脑海。

啊，种梦。

是那个同梦实验。

梦境中的一切，也如回卷菲林般滑回脑海。

孔澄眨着眼睛，怔怔地看着还在喘息的巫马，颤动着唇说不出话来。

"是梦。不过是一场梦。"

巫马好像也终于从迷茫的睡梦中恢复过来，大力深呼吸一口气，语调平静地说道。

"可是，那梦境中的一切，是那么真实。"孔澄颤抖着说。

"没事了，不过是场梦。"

巫马重复着说，像是在安慰孔澄，也像是在安慰自己。

他们的同梦实验成功了。

梦中，孔澄在游乐场云霄飞车的售票处遇上巫马，巫马被她半推半拉地坐上了云霄飞车。

原本明明是场美梦。

平日一脸英明神武的巫马苍白着脸，一直紧抓着云霄飞车的扶手。坐在旁边的孔澄乐不可支，轻快地叫嚣着、欢呼着。

然而，在云霄飞车以高速旋转至半空，三百六十度反转时，身旁的巫马，突然毫无预兆地从车厢中飞脱。

惊呆的孔澄伸出双手想抓住巫马。

但是，抓不着他。

巫马脸色苍白，眼眸布满不解的表情，身体急速地向地面笔直飞坠。

梦境倏然终止了。

孔澄尖叫着从梦中醒来。

那是个如此真实的梦魇。

她的身体还在颤抖不已。

"是我不对。我没想过会有那个需要，忘了在种梦前也埋下梦的暗示。"

"暗示？"孔澄仍然颤抖着肩膀瞪着巫马。

太好了，巫马还在这儿，活生生地呼吸着。

"孔澄，你听好，我们将要介入梦之国的事情。梦之国和现实世界也一样，有光明，也有黑暗的力量。我们刚才用念力制造的梦境受到梦魇侵袭了。从今以后，你听好，我们以自己的一双手作为暗示。在梦之国中，当你看到自己的一双手时，便能把现实的意识带进梦境中。当你看见自己的一双手，便会发现，那只是梦境，并非真实。"

"手？"孔澄茫然地瞪着自己的十根指头。

"嗯。"巫马点头，"每晚睡前，好好在心里埋下这个暗示。不要让梦魇有机可乘。"

"为什么刚才的梦，会变成噩梦？那不是我俩用念力制造的梦境吗？不是随心所欲的梦境吗？"

巫马沉默了半晌。

"有另一个力量比我们更强大的冥感者,同时在进行锁梦,把他制造的梦境与我们制造的梦境结合起来了。"

"那人是谁?"

"我不知道。"

"那是给我们的警告吗?"

巫马摊摊手,说:"或许是吧。"

孔澄打了个哆嗦,说:"今晚发生的事,和参加实验的人们离奇死亡的事情,是互有关联的吧?"

巫马深邃的眼眸在暗黑中闪闪发亮。

"我对明天要听的案件,越来越有兴趣了。"

"巫马。"孔澄咬咬唇,说,"你不是说过,在梦之国的集体潜意识里,埋藏着过去、现在与未来的一切秘密吗?"

"嗯。"

"梦的启示,也包含了对未来的预言,是吧?"孔澄颤抖着声音问。

"你不要胡思乱想啦。"

"我们两人的超意识,比很多人都要强大吧?是真的有梦魇怀着恶意侵入了我们的梦境,还是,我们看见了未来的启示?"

孔澄不安地用双手捂着脸。

"别傻,一定只是梦魇作祟。"

巫马把手掌放在孔澄肩头上。

孔澄全身一震。

巫马的手掌，总传递着惊人的热度。

那是一双温暖、宽厚而硕大的手。

那暖暖的触感，会有一天倏然消逝吗？

孔澄想起梦境中，巫马从云霄坠落前，以震惊不解的表情看着她。

孔澄怅然地抬起眼睛。

"巫马，我好害怕。我有不好的预感。"

孔澄惶惶然地把手伸向床头的伞形水晶座台灯，轻轻拉下珠链。

一瞬间，一颗颗水晶珠却突然崩塌四散。

那是巫马送给孔澄的水晶小灯。

每晚在漆黑的房间中放送着安静温柔的光芒，包围守护着她的小灯。

孔澄张开嘴，眼看着水晶珠如流散的水珠般奔窜滑落一地。

在静夜的幽暗中，恍如一颗颗晶莹的泪滴。

Chapter 2　吃梦的人

早上九点，巫马催促着孔澄出门，两人甫踏出公寓大楼，已有一辆墨绿色吉普车等在门外。

一个身穿灰色 V 领毛衣、牛仔裤与黑色跑步鞋的男子走下驾驶席，笔直地走向巫马。

男子身高约一百七十五厘米，身形健硕。

皮肤晒成健康的小麦色。那张充满棱角的方脸相当英气，不过前额的头发有点过长，微微盖着左眼，而且好像三个月没睡饱过般，眼下泛现深深的黑眼圈。

两个男人甫见面什么也没说，先来一个熊抱。

男子用拳头捶了巫马的手臂一下，亮起灿烂的笑容。

两个男人都有一排整齐洁白的牙齿。

"还以为你不会再回来了。"男子比巫马略矮，微微仰起脸看着巫马。

"我原本也以为我可以告老还乡了。"巫马苦笑。

"孔小澄，过来。这是小康。以后你们会有很多合作的机会。"

孔澄踏前两步。

康敏行伸出手来，说："康敏行。孔小澄，我们在电话中谈过话了。"

啊，就是那个在她出发往苏格兰前夕唐突地打电话给她的男人。

孔澄当时曾略施小计，要康敏行先把巫马找回来，才肯帮助他们解决不可思议事件。

和电话中的感觉一样，康敏行拥有清爽的声音和清爽的外表。

康敏行把手里的一串钥匙抛向巫马。

"物归原主。"康敏行指指身后的吉普车。

"还以为你已经替我卖掉了！"

巫马高兴地走近吉普车，怀念地抚摸了一下看来已有点残旧的车身。

"这老古董没人要呀。"康敏行摊摊手。

"谁说她是老古董？"

巫马爱惜地拍拍车身，绕到吉普车四周左看右看，一脸跟心爱情人重逢似的陶醉表情。

"明明就是部老古董耶。"

康敏行和孔澄并肩站在人行道上。康敏行压低声音在孔澄耳边说道，孔澄忍俊不禁地笑起来。

康敏行看着蹲下身体检视着吉普车底部的巫马。

"巫马是为了你才回来的吧？"

"嗯？"

"如果接班人是个男的，我敢说他早就逃之夭夭去逍遥快活啦。因为是个小女生，所以放心不下吧？"康敏行笑着说，"巫马嘛，对女孩总是很心软的。"

"他对我很凶才是。不是呼喝我就是嘲笑我。"孔澄气呼呼地擦着手掌。

秋日的微风拂在脸上很舒爽，但昨夜的梦魇，仍盘踞在孔

033

澄内心一隅。

"这么快就熟络起来了？孔小澄，康敏行是警察部的钻石王老五。含着银匙出生的富家公子却喜欢玩侦探游戏，开保时捷上班的干探，我也是第一次见识。"

巫马拍拍手，走回两人跟前。

"有钱无罪吧？"

康敏行苦笑着摇摇头，有点尴尬地撩撩垂在额际的头发。

"孔小澄是没人要的小母鸡，今天安排你们相亲。"

巫马又大言不惭，嬉皮笑脸地把五官皱成一团，双手放在孔澄肩上。

孔澄的脸红一阵白一阵。

这样的巫马最讨厌了。厚脸皮、神经迟钝。

"我叫孔澄哦。你不要学巫马他乱叫。"

"这人身份证上明明是孔小澄，却硬要人叫她孔澄。父母给的名字不要随便改掉呀。"

巫马摇摇头，抛着车匙领先走向驾驶席。

"叫孔澄也很不错嘛。"

康敏行提高声调替孔澄打圆场。孔澄向他投以感激的眼神。

"巫马就是这副德性，把女生都吓跑了。"康敏行压低声音在孔澄耳畔说，"以前有个女孩很喜欢巫马，时常跟着他转，两个人好像是青梅竹马，还自欺欺人地互道兄妹，明明就是喜欢对方哦。但巫马总是这副吊儿郎当的德性，后来就渐渐没再见到那女孩了。"

康敏行微蹙着眉。

是姜望月吧？

孔澄低低叹口气。

"巫马是个好人，不过是个差劲的情人。想转换心情的话，可以随时找我喝茶吃饭。"康敏行朝孔澄眨眨眼睛。

孔澄愕然地瞪着康敏行，心想这人果然是个花花的富家公子啊。

"喂，巫马，我有空会找孔澄吃饭呀。我们是新搭档，要熟络熟络啦。"康敏行仰起头朝巫马朗声说。

孔澄尴尬地杵在原地。

"我替你用激将法。这男人对这方面脑筋有点迟钝的。"康敏行压低声音朝向孔澄，用手指在额际打着圈。

孔澄扑哧一声笑出来。

看来康敏行虽然外表硬朗，内心却是个温柔细腻的人。他的女朋友，一定很幸福。

"上车吧。"康敏行回过身来向孔澄招手。

孔澄刚想举步，却忽然发现，怎么康敏行只和她通过一次电话，与她甫见面就知道她喜欢巫马？

自己的心意，真的那么明显吗？

孔澄蓦地涨红了脸。

035

"齐教授已经在等我们了吧？"巫马边操控着方向盘，边侧脸看向康敏行。

"这次的事件，我认为是小题大做，根本只是一连串巧合罢了。上头神经过敏，硬是要找你们来帮忙。"

康敏行一脸不以为然的神情，把手指放在膝盖上轻敲着。

"不是已经有两个人死去了？小康你认为其中没有蹊跷？"

巫马有点讶异地用手指搔搔太阳穴。

"研究过案情你们就会明白了。我认为只是单纯的巧合事件。如果这些人真是被害的话，就有一个我们无法解决的难题。"

康敏行顿了顿。

"难题？"巫马眯起眼睛。

"就是本市内，潜伏着一个懂得吃梦的人。"

康敏行舔舔唇，以有点沉重的语气说道。

"这个人应该是不存在的，不是吗？"

康敏行半转过身体，以有点沉郁的目光看向巫马。

"巫马，你明白我在说什么吧？"

巫马的视线越过车头玻璃看着宁静的住宅街沉默不语。

两个男人像忽然陷入微妙的对峙中。

好半晌后，康敏行首先开腔。

"我希望这次事件早日平息。我嘛，相信巫马，所以相信这一连串事件只是单纯的意外。但是，组织内的人，有些并不像我那样想。我担心上头这次找你回来，或许怀着某种阴谋。"

巫马还是默不作声。

"所以，那一连串死亡和意外事件，一定只是不幸的巧合。我想只要那样定案就好。"康敏行像试图说服自己般说。

孔澄托着腮坐在车厢后座，康敏行的话，她一点也听不明白。

如果他们即将要听的案件不是意外，那巫马就会被牵连其中吗？

为什么？

康敏行的话像隐含深意，巫马也好像听得明白，孔澄却如堕五里雾中。

昨夜梦魇中，巫马不解地瞪视着她，那绝望的表情，再度划过孔澄脑际。

037

"让我把事件的来龙去脉先说清楚吧。"

齐学谦教授习惯性地用手推了推领带结，清清喉咙说道。

巫马、孔澄、康敏行和齐教授齐集在警务大楼地窖的会议室里。

会议室没有窗户，白光管的光线白灿灿地投射在各人脸上。

白墙壁的油漆剥落，古老木地板有点凹凸不平，孔澄每次转换坐姿，把鞋跟用力放到地上时，便会发出恼人的嘎吱声。

室内空调也不断发出吱吱噪声。

孔澄还以为警察秘密组织的总部，一定是帅气的超新科幻布置，踏进这阴森封闭的地窖，不禁大失所望。

会议室里只放着廉价的白色合成塑胶长桌，八把橙色亚克力椅子，一面墙壁上挂着没抹拭干净的旧式黑板，比大学课室更没看头。

齐教授年纪五十多岁，掺着银丝的短发用定型胶仔细地梳理过。一身深蓝色双排扣西装配枣红色领带与袋口巾，蓝白条纹衬衫袖口露出闪亮的银色袖口纽，看来是个对自己外表和工作都一丝不苟的人。

教授眼角布满深深的鱼尾纹，但双目炯炯有神，说起话来语调低沉但声如洪钟，有股不怒而威的气势。

齐教授像在大学跟学生上课般，看着手上的资料，慎重地开腔。

"一年前，我向你们的组织提交了计划书，希望能获得资助，进行有关后天培训吃梦者的研究。研究在半年前，即五月份正式开始，参加实验的共有六个人。"

康敏行点点头插腔："当然，这项研究是假借商业活动为名进行的。参加研究的人，并不知道实验真正的目的。齐教授目前仍然担任大学的顾问教授，所以研究以大学与床褥公司的名义举办。我们在税务局的名单中随机抽样，通过电话邀请了六位普通人参加。名义上，这是床褥公司定期进行的消费者活动，被邀请的人士，可以获得床褥公司免费赠送的高级床褥回家试睡。通过睡眠测试作出调查报告后，可以放在产品广告上，向消费者证明睡他们的床褥能提升睡眠质量。"

齐教授被打断了话，有点不高兴地翻弄着面前的纸张。

孔澄对于这一类广告也有点印象，但从来就不怎么明白是

如何 鉴定睡眠状态的。

"睡得好不好，可以用仪器检测出来吗？"孔澄好奇地圆睁着眼睛。

齐教授有点不耐烦地推推眼镜。

"当然。我们可以通过仪器检测睡眠者的脑电波活动，记录他们进入深层睡眠的时间带。不过，这次的优质睡眠调查只是幌子而已。所以，除了仪器检测的环节以外，我们还加入了每星期一次的两小时集会。名义上是附带赠送的梦境分析研究，实际上，我们则是希望透过这群人的长期集会，研究是否能在陌生的普通人之间，进行同梦训练。"

"也就是吃梦训练的初阶嘛。"孔澄略知一二，得意洋洋地说。

齐教授有点吃惊地第一次正视孔澄。

他一直觉得她是个乳臭未干的女孩，跟她说话也是浪费时间吧。从进入这会议室开始，齐教授就只跟康敏行和巫马握手和招呼，像对孔澄视而不见。

孔澄最讨厌这种大男人主义的男人了。

"虽说是赠送的梦境分析研究集会，人们会有兴趣每星期浪费两个小时参加吗？"

巫马双手交叉枕在脑后，摇着不太平稳的塑胶椅子。

"我们每次付三千元的车马费哦。"康敏行笑笑，"不过是来坐两个小时，分享一下梦境内容，听听教授解说那些梦境可能蕴含的启示，内容既有趣，又可不劳而获，换上我也不会拒绝耶。"

巫马点点头，说："三千元吗？组织好像越来越阔绰了，什么时候也加薪给我们？"

康敏行朝天花板翻翻白眼，干咳一声。

"教授，请你继续。"

孔澄像中学生般举手发问：

"慢着，我想问，这些人只要每星期聚会一次，谈谈彼此的梦境，就能锻炼出同梦能力吗？"

齐教授看了孔澄一眼。

"手可以放下来。"

孔澄吐吐舌头，尴尬地把高举的手放下。

"外国曾经进行过成功的实验。别以为分享梦境是轻松平常的事，透过解构别人的梦境，我们往往可以直视那个人的内心，了解他或她的爱欲和恐惧。长期分享梦境的人，不可思议的，在睡梦中会建立出心电感应，达至同梦的境界。"

齐教授一派学者的口吻。

"在实验中断的时候，这六个人，还只处于分享彼此梦境的阶段，并未成功进行同梦，也并未引导过他们尝试锁梦或吃梦，对吗？"巫马问。

齐教授凝重地点头。

"我们只处在最初的暖身阶段，外国不少梦析专家甚至会开班教授人同梦的技巧，所以根本不是任何带危险性的实验。"

齐教授一脸不甘心地聚拢起渗着银丝的眉毛。

"但是，实验却出了岔子？"巫马扬起眉。

"绝不能算是岔子。"齐教授义正词严地申辩后，喃喃自语起来，"到现在我仍然不明白。"

康敏行看看齐教授失神的脸，帮忙接话：

"原定的计划，同梦训练会进行十二个星期，齐教授寄望在第九个星期左右，在他们当中应该会开始有人成功发生同梦的现象。但是，研究在第八个星期便被迫中断了。"

齐教授回过神来，清清喉咙续下去。

"原本是与我们的研究沾不上边儿的事，不过为了向床褥公司提交报告，在研究进行期间，我一直定期用仪器替那六个人检测他们的睡眠状态。最初五个星期，一切都进行得很顺利。可是，进入第六个星期，却发生了奇怪的事。"

孔澄不自觉地向前倾身体。

"从第六个星期开始，参与实验的六个人之中，有四个人突然出现完全无梦的现象。"

"无梦？"孔澄微微张着嘴。

"我们每一个人，无论醒来是否还拥有记忆，每晚平均会做两至三个小时的梦。不只是人类，连动物也会做梦。透过仪器的脑电波检测表，当人们的脑电波进入快速眼球眨动状态时，就是在做梦了。"

齐教授从文件夹中抽出一张像蝌蚪波纹般的图案表放在桌上，推向巫马及孔澄。

"这是一张普通的睡眠脑电波检测记录表。"

齐教授用手指点着四行脑电波纹中第二行。

"睡眠共分四个阶段：脑电波减慢阶段；眼球快速眨动的做梦阶段；无梦的深层睡眠阶段；最后是俗称'死睡'的最深层睡眠。这四个阶段每晚在睡眠时会重复四至五次，每次循环约四十五分钟。"

孔澄好奇地看着齐教授指着那像是小孩潦草涂鸦的脑电波纹。

"可是，研究进入第六个星期后，其中四个人的睡眠检测记录表，却变成这样。"

齐教授从文件夹里掏出另外一张记录表。

在孔澄眼中看来，那也像是和刚才差不多的蝌蚪图案。

"这四个人，每晚只进入到脑电波减慢的第一个睡眠阶段便停止了，既无做梦，也没有进入深层睡眠。"

"没有做梦，这有什么大不了吗？"

孔澄有点战战兢兢地抬眼看向一脸严肃的教授。教授露出不以为然的不耐烦表情。

"这是非同小可的事，早已有科学实验证实，长期在眼球快速眨动状态的做梦阶段被唤醒，被强迫性剥夺做梦能力的人，会变得心浮气躁，精神焦虑紧张，以致心智失常。"

"嘎？"孔澄愕然地张大嘴，"那么严重？"

"虽然无法确切解释，但做梦似乎拥有不可思议的力量，就像是人类生命的养分。缺少这养分的人，生命也会枯萎。"齐教授皱着眉头说。

巫马抱着胳臂，沉缓地开腔：

"那是梦之国给予人类的能量吧。如果相信人的灵魂是永远飘浮在宇宙中的话，不管普通人有没有发现，每个人都拥有潜在的超意识，连接自己灵魂过去、现在与未来的超意识。人们可以通过做梦，与自己的超意识联系，探寻这一次经历的人生应走的蓝图。如果无法做梦，便是与自己的超意识中断了联系，在现实中也会失去生存的力量与方向。"

"因此，齐教授决定中止这次研究，这群人随后也各散东西。怪异的死亡和意外事件，是在那之后的两个月后才发生的。所以，这些人的遭遇跟我们的研究到底有没有关系，我认为不能断言。"

康敏行说罢，以有点犹豫的神色看了看巫马。

"这些人到底遭遇了什么事？"巫马问。

康敏行和齐教授互看了一眼。

康敏行站起来，走至黑板前，拿起白粉笔，在黑板上开始画起图表来。

"因为是四桩不同的事件，用图表表达的话，会清晰一点。"

孔澄再次忘形地举手发问：

"慢着，你们说四个人和四桩事件。参加实验的共有六个人，那另外两个人怎么了？"

"唉，手可以放下来。"

齐教授看着孔澄摇摇头。

孔澄尴尬地再次放下手，用左手按着自己的右手放在膝上。

043

这个坏习惯总是改不掉，在报社也被老总和同事取笑过好多次："怎么问问题要举手，是中学生吗？"

孔澄想，那或许是自己一直拒绝长大的潜意识作祟吧。

成人的世界不会有什么好事。

在自己已成年九年后的今天，孔澄更确切地感受到了。

只要离开校园，踏入社会，便永远告别了纯真世界。

孔澄看着黑板上的四个名字。

这些人，在校园中笑笑闹闹的时候，也从没想过自己长大后，不过是去参加床褥公司的研究集会，就会丢掉性命吧？

命运不可违，但是，隐瞒事实地进行着这些什么同梦、锁梦、吃梦研究的组织，也不可饶恕啊。孔澄郁闷地想。

"另外两个人没有停止做梦，现在也好好生活着。"

说这话时，康敏行看了齐教授一眼。齐教授脸上一瞬间闪过有点不自然的表情。

康敏行继续回头在黑板上挥笔疾书。

孔澄专注地看着黑板上的人物简图。

同梦研究六人小组成员

一

莫知言

男

27 岁

银行投资顾问

9 月 25 日因试图超越前车超速驾驶，汽车失控撞向石墩，脑部受创，现留院处于昏迷状态

—

李大为

男

19 岁

中菜酒楼服务生

9 月 27 日于街上被警察截查身份证，突然发狂试图抢夺警察佩枪，双方纠缠时枪支走火，子弹射进胸部，送院抢救十二小时后死亡

—

贺菊

女

23 岁

地产集团秘书

10 月 5 日在家意图割脉自杀，未遂被送院，经诊断后证实患上严重躁狂抑郁症，现于精神病院疗养中

—

蒋杰

男

23 岁

失业中

10月14日从寓所天台跳楼自杀，当场死亡

—

齐学礼

男

31岁

心理学博士研究生

—

何文丽

女

42岁

家庭主妇

丈夫任职保险推销

育有一女

—

孔澄和巫马的眼光同时落在齐学礼的名字上。

"齐学礼？是齐教授的亲属吗？"巫马把椅子背转过来，双手环着椅背问。

齐教授清了清喉咙，脸上露出有点狼狈的神情。

"是我儿子。"

"但不是说参加实验的人是随机抽样选出来的？"孔澄愕然地问。

"我儿子也是研究梦境分析的人员，他很想参与这次研究。"

齐教授有点尴尬地整理了一下领带结，干咳一声。

"考虑到在梦境分享小组中，如果有我们内部的人，能带头炒热气氛，所以我让他加入了。"

巫马沉吟着发言。

"根据这个图表，参加研究的六个人，有两人完全没有受到任何影响。齐学礼和何文丽，既没有被检测到停止做梦，也没有遭遇任何意外或不测，到今日仍过着正常的生活，是那样吗？"

康敏行点点头。

"问题是，这另外四个人遭遇的事情，真的与这次研究有关吗？"

康敏行用手拍拍黑板。

"汽车超速意外、失业男子跳楼自杀、警察枪支走火、失恋的年轻女子试图割脉后神志失常。我在这里补充一下，贺菊在自杀前三天，男友刚与她分手。"

康敏行以锐利的目光环视了会议室内众人一遍。

"难道不可能是单纯的巧合事件吗？"

康敏行又瞥了巫马一眼。巫马脸上的表情古井无波一般。

孔澄想起康敏行在吉普车厢里说过，只要能证实是单纯的巧合事件，便不会把巫马牵连在内。

到底有什么含意？

孔澄拍了拍坐得酸痛的双膝站起来。

"说巧合虽然好像有点太过巧合，不过，这几桩事件如果独立来看，也真的只像纯粹的不幸和意外。"孔澄用手指点着脸庞，表情迷惘地呢喃。

巫马紧锁着眉心，问："这四个人在参与这次研究前，是互不认识的吗？"

康敏行摇头耸耸肩说："只是随机抽样选出来的。"

"巫马，你怀疑有人设计分别谋害他们？"孔澄睁大眼睛瞪着黑板上的图表。

"一桩超速驾驶，两桩自杀，一桩枪支失火，没有那么高明的谋杀犯吧？"

"所以，还是意外吧？"康敏行喃喃念着。

"小康，你好像一直跟你的上司唱反调？我耗了半天来跟这位先生和小姐解释这件事，就是因为你的上司认为不是意外吧？"

齐教授有点不耐烦地用笔尖敲着桌面。

"组织的人到底怎么想？"巫马抬起脸直视着康敏行，"小康，你坦白说。"

康敏行露出有点为难的表情舐了舐唇。

"引起组织注意，下令要彻查这件事情的，是因为蒋杰。"

康敏行点点黑板上的名字。

"跳楼自杀的蒋杰，留下了奇怪的遗书。"

巫马的眼睛眯成一条线。

"遗书？"

"只有一句话，遗书上写着：'因为梦被吃掉了'。"

康敏行烦恼地撂撂垂在额际的黑发，在桌上的纸档夹里找了一会儿，抽出一个透明塑料袋，递给巫马和孔澄看。

透明塑料袋内放着一张像匆忙地从小号笔记本中撕下的纸张。

"'因为梦被吃掉了'？"

孔澄看着塑料袋内的纸张上，用硕大方正的黑色字体写着的七个字喃喃念着。

"遗书上只有这句不清不楚的话？"

康敏行一脸无奈地点头。

孔澄把塑料袋传给巫马。

巫马也仔细地看了一遍。

"做过笔迹鉴定了吗？"

康敏行点头说："交给化验所核对过了，确实是本人的字迹。这份遗书对媒体当然是保密的。但因为出现了这奇异的遗书，事件引起了组织注意，才发现另外三人也于稍早前分别发生了事故。"

孔澄蹙着眉说："我不明白。如果这四桩事件不是巧合，如果确实是在研究进行途中，这些人的梦境被吃掉了，那到底有什么含意？组织为什么要那么紧张？"

齐教授沉吟着道："长期无梦的人，会心浮气躁甚至精神失常。假定这四个人的梦真的是被吃掉了，如果这吃梦的现象一直在本市蔓延开去，本市或许会陷入社会动乱不安的状态。组织是恐惧这四个人失去梦境的事情，背后埋藏着更重大的阴谋。"

"如果本市存在拥有吃梦能力的人，而又不是受组织操控的冥感者的话，那就会是一个极度危险的人物。"康敏行眼睛看着木地板沉缓地说。

"我不太明白，巫马你昨晚不是说过，也有拥有吃梦能力的人担当间谍去偷取别国的情报。我看新闻报道，从没看过有政要因为梦境被吃掉而心智失常或死掉哦。"

巫马摇头说："我说的间谍工作，都是在短时间内，如两国开战在即，为探求别国的真正心意，偶一为之的行动，绝对不会损害被盗梦者的心神。但是，在本市发生的这几桩事件里，这些人的梦境好像是长期被吃掉了。"

巫马顿了顿。

"这世界上，只有少数冥感者拥有吃梦的力量。而且，吃梦不能单靠运用念力。在成功进行吃梦以前，冥感者必须与被吃梦的对象作过眼神接触，不经意地带起过有关梦的话题，透过对象的灵魂之窗种下了暗示，才能潜进那个人的梦境，把他的梦境吃掉，带回给自己国家的梦境译码专家译码。"

孔澄举手投降，说："好复杂，我已经听得头昏脑涨了。"

"一点也不复杂，小康想说的是，如果这些不是意外，那本市就必定存在着拥有吃梦能力的人。"巫马静静地说。

孔澄还是一头雾水。"那又怎样？"

"那个人就是组织要通缉的头号人物吧。是个会危害国家安全的人物。"

巫马语气淡然，康敏行却一脸凝重地看着他。

"所以，巫马，你明白了吧？这几桩事件必定只是纯粹的巧合。希望你们能证实这一点，我也好向上头交代。"

"我们还没开始调查，怎能这么快下结……"

孔澄话未说毕，两个像便衣警探，样貌有点凶神恶煞的男人突然开门进来。

康敏行一脸无奈地软垂着双手，看着两人走近巫马身边。

"巫马，对不起。这是上头的命令，我也无力违抗。只是要你去做一个简单的测谎试验，我相信你一定能通过的。我等着你回来和我再并肩作战，我们一起证实，这几桩事件只是巧合吧。"

巫马的表情还是毫无变化，但很干脆地站了起来。

"没想过组织这样迎接我回来。我从没想过组织会怀疑到我身上。我这个人，是不是太天真了？"

巫马垂下脸苦笑。孔澄疾步走向他。

"测谎？为什么？你们怀疑巫马跟这些奇怪的事件有关吗？怎么可能？"

孔澄焦急地搜寻着会议室内众人的脸。

"因为，巫马聪是唯一一个，懂得吃梦的人。"

康敏行以浑浊的声调缓缓地说道。

Chapter 3　海萤

"放心。我相信巫马是清白的，完成测谎试验便可以回来了。"

康敏行和孔澄一起拿着托盘，站在警察大楼食堂的自助贩卖柜前。

"你们这个混账的组织太过分了。怎么可以怀疑自己人？"

孔澄看着玻璃柜里林林总总的沙拉、热荤和甜点，毫无食欲。

"你不要忘记，巫马已不是组织的人了。"

康敏行在玻璃柜里拿出看起来很难吃的烧牛肉三明治。

"嗯？"

"巫马找到你当接班人后，不是辞掉了组织的工作，退休环游世界去了？"

"巫马说过，他从十六岁开始为组织工作，已经很疲倦了。想退休去好好享受人生，有什么不对？"

孔澄在电动咖啡机下放好纸杯，摁下按键，深褐色的咖啡从管嘴滴落杯里。

"对于任何离开组织的人，组织便会心存疑窦，因为拥有超能力的冥感者不再在他们掌握之内，当权者当然会坐立不安。所谓组织，就是那么一回事。"

康敏行耸耸肩，摁下咖啡机按键，把另一个纸杯注满了浓浓黑黑的咖啡。

"这个食堂里，只有咖啡像样一点。我们想那一定是上头的杰作，好让我们这些警察都睡不着觉，每天工作二十四小时。"康敏行半开玩笑半认真地说。

孔澄看了看康敏行眼下浮现的黑眼圈。

"不只是这儿吧？任何类型的组织，说穿了，都是冷酷无情的地方呀。"

孔澄安慰着康敏行。

两人拿着托盘走到窗户旁的桌子坐下。

秋日午后的阳光，在桌上投射下树木枝丫的影纹。

"巫马过去十六年一直为组织忠心效力，为什么要怀疑他？"

孔澄在咖啡中加进奶精，心不在焉地用胶棒搅拌着。

"巫马还很年轻，但他说，自己的能力快要到达极限了吧？"

康敏行把三明治送进嘴里，没有什么食欲地缓慢嚼着。

孔澄点头。

"组织内有人却不那样想。巫马在苏格兰不是辅助你解决了奇幻的事件？他的能力还剩下多少，只有他自己知道。"

"组织内的人怀疑他说谎？"

康敏行耸耸肩，说："我认为即使是那样也无可厚非，巫马或许是厌倦了，不想再卷入各种奇诡事件中，是真心想离开这个圈子的吧？但是，多疑的人就会担忧，他或许是被巨额的金钱收买了，转移为邪教或任何乱党效力也不一定。"

"这次找巫马回来，是个陷阱？"孔澄蹙着眉。

康敏行摇摇头，说："巫马答应回来，组织已放下半个心

055

来。上头的心情也是很矛盾的啦。他们也希望巫马能洗清自己的嫌疑，找到真相吧。"

"你们说，只有巫马拥有吃梦能力？"

孔澄把热烫的咖啡送进嘴里，咖啡的味道苦涩得令她连连皱眉。

康敏行掉过头看向窗外孤独而立的大树，一脸若有所思。

"其实，那也是个谜。"

"嗯？"

"巫马从来没有承认自己拥有吃梦能力。"

"嘎？那你们为什么怀疑他？"

"外国有不少拥有吃梦能力的间谍，但我们的组织，只在三十年前出现过一个拥有这项异能的人。"

"那与巫马有什么关系？"

"拥有这能力的冥感者，外号叫'貘'。"

康敏行顿了顿，抬起眼睛看着孔澄。

"他是巫马的师傅。"

"欸？"

"貘在找到巫马当接班人以后便到了美国，为美国担当吃梦间谍，那是十四年前的事情了。十二年前，貘在美国遭遇飞机事故死亡。为外国担当间谍工作虽然可以获得天文数字的酬劳，但危险性也倍增。我们相信，貘是因为身份败露而被谋杀的。"

"换言之，巫马的师傅，那个拥有吃梦能力的人，在十二年前就已经死去了。那这次的事件，为什么会牵连到巫马头上？"

"巫马是貘的高徒和爱徒，资质比貘有过之而无不及，巫马这些年来却一直坚称貘没有传授他吃梦的能力，这有点令人难以信服。吃梦可是貘最骄傲的能力啊，怎会不传授给他看作儿子的爱徒？"

"但巫马说他学不会。"

康敏行点头说："说不定，巫马只是讨厌吃梦这件事情，所以不肯承认拥有这能力吧？"

"巫马认为吃梦是不道德的行为？"孔澄渐渐明白了。

"巫马很尊敬他的师傅，但两人为此争吵过，貘决定去美国赴任时，两人狠狠地吵了一架。当然，这一切都是组织里流传下来的传说，巫马和他师傅并肩作战时，我和你还在读小学啦。"

康敏行撂撂盖着左眼的头发。

"然后，貘便死去了。所以，巫马对吃梦这回事，一定更加痛恨吧？貘就是因为这样而送命的。"

孔澄渐渐明白了。巫马今次答应回来，并不全为了她吧？既然是牵连着吃梦的事，巫马无法置之不顾。

巫马是为了找出真相才回来的，而不是为了担心我一个人应付不了。

孔澄慢慢呷着咖啡。稍微变冷了的咖啡，味道好像更加苦涩了。

每次好像觉得要接近巫马一步了，旋即又发现自己还是被拒于千里之外。

"'貘'真是个古怪的外号哦。"

为了掩饰自己心里的失落，孔澄顾左右而言他地说。

"你不知道什么是'貘'吗？"

孔澄摇头。

"是日本古代传说的灵异动物，能吃掉噩梦。古代人们会用雕刻成貘模样的枕头，让貘为自己在晚上吃掉噩梦。到了今日，貘仍然被看作象征美梦的吉祥物。"

"貘吗？到底是什么模样的？"

"说实在，外形有点像土拨鼠或食蚁兽啦。嘴巴长长尖尖，耳朵小小，身躯圆圆胖胖的，说诡异也颇诡异，不过，我觉得其实还蛮趣怪的。"

"哦，所以你们一直都说'吃梦'？我就有点纳闷，为什么不说盗梦呢。"

康敏行点点头。"因为貘的关系，组织里大家一直都喜欢说'吃梦'。"

"这样说起来，外国也有同样的传说哦。美国由印第安人流传下来的习俗，喜欢在小孩的房间里放像蜘蛛网的古怪东西，叫'捕梦者'，说是能吃掉噩梦。"

"嗯。我常常想，文明的进步，是否让我们失去了很多东西？古日本的'貘'和印第安人的'捕梦者'，有着异曲同工之妙，相隔千里的地方，却流传着相同的传说。所以，在人类历史的某一阶段，懂得吃梦的灵体，是曾真正存在过的吧？"康敏行感喟道。

"也就是说，时至今日，拥有吃梦能力的人，也应该仍然存在吧。"孔澄点点头。

"然而，那个人，到底是不是巫马？"康敏行像量度着文字的重量般，慢吞吞地说。

"巫马为什么要吃掉那些人的梦？一个银行投资顾问、一个中菜酒楼服务生、一个失业青年、一个地产集团秘书，都是普通不过的人，根本毫不合理。"

"所以，但愿一切都只是组织杞人忧天。"康敏行摊摊手。

"当然是呀。"孔澄不忿地坐直身子嚷嚷。

"不过，巫马这个人，你永远看不透的。"康敏行像有感而发地说。

"嗯？"

"从我加入组织开始算，我和他认识五年了。虽然像兄弟般友好，我却不敢说我真正认识他。孔澄你不觉得吗？巫马这个人太莫测高深了，心里到底在想什么，你永远摸不透。最亲密的朋友，会不会是你的敌人，你永远无法预先知道，毕竟人心难测。"

康敏行举起纸杯，静静地把咖啡送进嘴里。

那爽朗的脸上，一瞬间掠过阴郁的表情。

"康敏行，我以为你绝对相信巫马。"

孔澄呆住了，怔怔地凝视着康敏行眼底里流动着的忧郁。

"我想相信他。但是，想相信一个人，跟可以相信他，是不一样的。"

"康敏行。"

"人，总是会被自己的感情蒙蔽眼睛。真相，挖掘到最后，永远是痛心的。孔澄你不觉得吗？小孩总是抬着好奇的眼睛左顾右盼，成为大人的我们，只有学懂别过脸去才会拥有幸福。当你直视自己的人生，直视别人的人生，谁不是千疮百孔？"

"你认为巫马怀着不可告人的秘密？"

"我相信巫马的人格。他是我的好兄弟，我只是相信，他做任何事情，总有他的原因。有两个人死了，但我不想深究下去。我嘛，向来是帮亲不帮理的类型。"

"巫马绝不会让无辜的人送命。"

孔澄不断摇头。

那四个人之间，一定存在某种牵系。

吃梦可能不过是个幌子。

这些看似毫无关联的人，可能做了某些可恶的事情，可能是某个人对他们进行的报复。

完美的杀人烟幕。

但是，谋杀的话，有可能完美地伪装成自杀、意外和枪支走火的事件吗？谁有那样的机智和能力？是用什么方法做到的？

四桩诡异且巧合的事件，又真的会跟梦之国全然无关吗？

孔澄甩甩头。

在暗处，一定有某个黑影暗中蛰伏着。

巫马是被陷害的。

一定是那样。

我一定会挖掘出真相。

"真相，挖掘到最后，永远是痛心的。"康敏行的话，在孔澄耳畔回荡。

昨夜的梦魇，再次紧揪着孔澄的心窝。

巫马，在那梦中，永远地消失了。

人生本是一场大梦。

我们在一生里那么用尽全力想抓紧的东西——金钱、名誉、爱情——有一天总会消逝不留痕。

孔澄记得在书本上看过，印度教相信，世间存在的万物，都不过是真神的南柯一梦。西藏佛教也相信，我们在世经历的一切，不过是一场大梦。当我们的灵魂真正超越肉身，当灵魂真正"苏醒"的时候，我们便会蓦然发现，我们劳劳役役走过的人生，一切贪嗔怨痴，不过就像某个晚上的一场虚梦。

与巫马曾一起携手走过的时光，所共同经历的一切，也不过是一场虚梦吗？

梦醒之时，一切徒留怅惘？

"巫马这个人，你永远看不透的。"

"最亲密的朋友，会不会是你的敌人？"

"人，总是会被自己的感情蒙蔽眼睛。"

孔澄怅然地闭上眼。

只想再一次感受巫马在身旁的温暖体温。

然而，那一瞬间，她忘记了，温暖的东西，终会渐渐冷却。

人的心，永远在冷与热之间游走。

就是因为拥抱热情，就是因为对爱执着，当一切幻灭时，人心才会变冷。

有情与无情，从来只是一线之差。

爱与情，才是令人坠入深渊的魔咒。

秋日的阳光洒在孔澄和康敏行两人身上。

落入沉思中的两人，从远处看去，是窗户前两个背光的暗影。

就像世上每一个人，心的背面，总埋藏着幽幽的暗影。

孔澄用尽全身力气，像发泄什么似的，挥动手上的壁球拍。

网线的正中心碰触壁球，发出清脆的噼啪声。

"你在恼着谁？你这样打的话，我无从招架呀。都不好玩了。"

康怀华丢下球拍，把清汤挂面般的娃娃型短发撩至耳后，鼓起腮帮抱怨。

康怀华是孔澄由小学开始的同班同学，两人的感情像姐妹般深厚。

"好扫兴，继续多玩一会嘛。"孔澄用手背擦擦额头的汗水。

"巫马已经顺利通过测谎试验了，你还不去见他？你心里其实焦急得不得了，想立即扑进他怀里吧？"康怀华掩着嘴咕咭笑着。

"神经病，我们只是搭档，谁会扑进谁的怀里？"

孔澄赌气地嘟囔，自己一个人继续开球，像跟壁球拥有深仇大恨似的来回拍击着。

"你是害怕吧？"

康怀华一屁股坐在壁球室的胶地板上，用球拍向脸蛋扇着风。

孔澄的手在半空中僵住了。

"害怕？"

"害怕你喜欢的人，拥有你所不知的黑暗面。"

孔澄默然不语。

063

"巫马被困在组织里两天两夜，你脑海里思潮起伏，害怕自己喜欢上了大魔头吧？"

孔澄轻轻咬着唇。

"首先，我从没说过我喜欢巫马。"

康怀华夸张地打了个大大的呵欠。

"再说，我不是害怕他。我是害怕自己。"

孔澄手上的壁球掉落地上，在地上无力地弹跳了数下，滚动后静止下来。

"害怕自己？"

"我害怕失去理智的自己。"

"嗯？"

孔澄放下球拍，坐到康怀华身旁。两个女孩像拥有心灵感应的双胞胎那样，不约而同地抱着膝，把下巴支在膝盖上。

"我发现了一个可怕的事实。"

孔澄垂下眼睛，凝看着反射着灯光的胶地板。

"如果喜欢的人是杀人犯，我也会心甘情愿地变成共犯。"

"嘎？"康怀华精致的五官皱成一团。

"巫马被关了两天两夜，我慢慢发现了，无论真相是什么，我不会拥护正义，我只会腻在喜欢的人身边。明知只是一场没有结果的单恋，我的心情却陷进那样的境地了，不是很可怕吗？"

"那是说你不相信巫马？"

孔澄拼命摇头。"我相信他，我只是傻傻地假设，这件事情，假若只有百分之一的机会是牵连着巫马的，我到底会怎么做？发现了自己会心甘情愿地帮忙掩埋真相时，我吓了一跳。"

"你发现自己的心情不再受理智控制了？"

"明明只是萍水相逢的陌生人，有一天，却发现自己会违背一生所学的真理和教诲，只想伴随那人一直到天涯海角就好。这样的心情，不是很可怕吗？"

康怀华垂下脸，用手指拨弄着球鞋上的鞋绳。

"哪，孔小澄，我告诉你一个秘密。饶进的弟弟不是小时候游泳溺死的，是饶进妒忌弟弟受父母宠爱，见死不救让他淹死的。"

饶进是康怀华爱情长跑八年的男友，是个外表看起来老实又憨直的一等一好男人。

"嘎？真的？"孔澄睁大惊怖的眼睛，用手掩着嘴，呆呆地抬脸看着康怀华。

康怀华面无表情地回看着孔澄，好半晌后，终于忍受不了地拍打着膝盖，哈哈大笑起来。

"孔小澄你真容易受骗。我当然是在顺口胡诌。"

康怀华笑得前俯后仰。

"看你那认真吃惊的表情，真好玩。"康怀华连连拍着手。

"干吗？"孔澄回过意来，伸手捏着康怀华的脖子，"讨厌死了。"

康怀华架开孔澄的手，一边笑得直喘气，一边说："孔小澄哪，你二十六岁才初恋，对爱情真是一窍不通。"

康怀华不断摇头。

"什么？"孔澄委屈地拍打着康怀华的肩膀。

"每个陷入爱恋的女孩心里都会忐忑不安。自己喜欢的人，到底有没有欺骗自己？自己所认知的他，就是真正的他吗？他有没有一脚踏两船？有没有拥抱着无法忘怀的爱人的记忆？不安和猜疑，或许是伴随恋爱的心情一起赠送的吧。"

"康怀华也会这样？"

"我这个情场老手当然早经历过啦。"

"其实，我根本不了解巫马。我们不过相遇了短短一年，我对他的过去一无所知。除了知道他曾经有个叫姜望月的青梅竹马外，过去三十二年，巫马人生中的喜怒哀乐，我一无所知。"孔澄蹙着眉。

"你想知道他跟多少女孩睡过觉吗？孔小澄，你变坏了。"康怀华把肩头撞向孔澄。

"你说什么呀。"孔澄啐她。

"有一天你一定会想知道答案的啦。"

康怀华一副恋爱专家的口吻。

"巫马是个三十二岁的男人，又不是和尚，当然抱过各式各样的女人，喜欢过别人，也被人拒绝过。我们都是那样一路走过来的呀。在人生的某一点上，你和素昧平生的他还是邂逅了，有过心灵触动的感觉，不是很棒吗？孔小澄不要太认真地想太多啦。轻轻松松地享受爱恋一个人的感觉，好好珍惜这份忐忑的心情。我是祝福你和巫马的。不过，无论结果如何，将来都会变成宝贵的回忆，不是吗？"

孔澄有点心绪不宁地拍着膝盖。

"那康怀华我问你，如果你爱上了坏人，你会跟他一起变坏吗？"

康怀华瞪大眼睛，说："我喜欢的人没有那么复杂啦。我的烦恼，最多是他到底有没有同时跟其他女孩约会吧。不过，就当是一个假设性的问题好了，如果有一天发现饶进贩卖毒品、亏空公款呀什么的，我会和他断得一干二净。"

孔澄凝视着康怀华五官精雕细琢的侧脸，问："做得到吗？"

"可能是一种遗憾，也可能是幸运吧。我从来没喜欢一个男人喜欢到放弃自己的程度。我还是会先好好爱惜自己，把自己放在那个男人之前。"

"啊。"

"不过，孔小澄就是会跟男友一起杀人放火那种人。"

"你说什么？"

"你就是那种类型的女生哦。可能不至于陪他一起杀人放火，但是会别过脸装作看不见吧？"

"那是我有问题了？"

康怀华从地上的背包里掏出口香糖，自己嚼了一颗，把一颗丢进孔澄嘴里。

"我想，我和你也没有问题吧。"

"嗯？"

"只是爱情会挖掘出人心最光明和最黑暗的层面。我们都想好好去恋爱，因为只有通过爱人，我们才能认识真正的自己。无私的自己、自私的自己、漂亮的自己、丑陋的自己……爱情就像一面镜子，让我们被迫面对真实的自己。"

"所以真实的我就是个会埋没理智的失心疯？"

"我觉得孔小澄就是那类型啦。这没有什么不好。我也好想丧失理智地去爱一个人，可是我这个人太冷静了，这些事不会发生在我身上。不过，你到底是不是真的会愿意为爱情牺牲一切？没有到那个时刻，没有站在那悬崖边缘上，谁也不会知道真正的答案。"

"是吗？"

"我唯一知道的是，孔小澄的心，确是被某个长着沙皮狗脸的大块头完完全全占据了。"

"闭上你的坏嘴巴。"孔澄啐她。

"我和饶进常常都说巫马很帅呀，就是你经常笑他是沙皮狗。孔小澄，对自己的心情，还是坦率一点好。"

孔澄不语。

"你根本不想陪我出来打球，想奔回那个大块头身边，去调查你说的那些莫名其妙的事件吧？不要再耗在这儿了，赶快回去啦。"康怀华推着孔澄的肩膀。

"我想用我的能力，证明巫马是清白的。但是，我的三脚猫感应能力，真的办得到吗？"

"办不办得到有什么关系，反正你早就抱好心理准备，有个什么万一，巫马是主谋也好，巫马是被陷害的也好，也跟他亡命天涯的了嘛。"

"我的心里，有百分之一的角落，没有完全相信巫马。这两天以来，我连怎样逃亡也好好策划了一番。这样的我，有脸去见他吗？"

"孔小澄，人是无法完全去相信另一个人的。这是我们与生俱来的自我保护意识。每个人，都是孤独的个体。"

"我想好好看进巫马的眼睛里，看看真实的答案。"

"被感情蒙蔽了眼睛的人，无论如何看进恋人眼睛里，也只能看见自己想看见的答案罢了。"

"康怀华。"

"所以，现在就是决定你是否参加这场爱情赌博游戏的时候了。每场爱情都是一次赌博，你现在逃走，可以确保永远保

有你对巫马完美的幻象。回去他身边继续查探下去，幻象可能
会无情地消失。"

"问题是，我有没有勇气面对真实的自己、真实的他？"
孔澄静静地问。

"坠入爱河是简单不过的事，如何保护爱情，才是人们
穷尽一生也越不过的试炼。孔小澄，在遇上考验时，你会永远
不放开紧握着对方的手，还是先甩开双手保护自己？你愿意面
对自己心里最幽暗的角落吗？"

孔澄缓缓地站起来。

"只有继续前进，才会找到答案，是吧？"

孔澄轻轻用鞋头踢着流落脚边的壁球。

曾经活泼飞跃的小球，了无生气地慢慢滚动着。

就像爱情在最高点飞跃奔腾过后，终会缓缓静止下来。

孔澄甫踏出电梯大堂，便看见巫马抱着胳臂，背靠着她家
的大门。

"嗨，我回来了。"巫马又嬉皮笑脸地朝孔澄眨眼。

巫马脸上有两天没刮的络腮胡，面孔好像稍微憔悴了。

孔澄看见那张脸就生气。

气得泪水都快涌出眼眶了。

"你不是去住酒店吗？来这儿做什么？"孔澄倔倔地嚷。

"我以为你会担心我，第一时间来向你报平安呀。"

"谁担心你了？你那么自以为是，给人捉去严刑拷问一顿

也是活该。"

孔澄用手肘推开巫马高大的身躯，把钥匙插进匙孔里。

巫马摊摊手，说："他们很文明的啦，休息时间还请我吃高级料理店的外送寿司呢。鲔鱼寿司、鲑鱼寿司吃个够，孔小澄听得垂涎欲滴吧？我也差点舍不得离开。"

"那你就被软禁一辈子好了。我是你的搭档吧？你跟我说了一大堆同梦、锁梦、吃梦什么的，却没告诉我你自己是本市唯一懂得吃梦的人。真是岂有此理。"

孔澄大力推开大门走进室内，用背把门大力关上。

"我才不会招呼那么不懂人情礼仪的人进我家里。"

孔澄环抱着双手，把背靠在大门上等待着。

门外一点声息，一点反应也没有。

"你说话哦，道歉哟。你被那个鬼鬼祟祟的组织关起来的话，要我怎样去救你？"

门外还是一点动静也没有。

不是这样就走掉了吧？

孔澄气急败坏地拉开大门。

"警察没招呼我吃鲔鱼寿司，我倒是买来向你赔罪了。我被关起来，把你吓着了吧？"

巫马晃晃手上不知从哪儿弄来的外送胶袋和大瓶装清酒。

孔澄看了看胶袋上高级日本料理店的名字，伸出手来抢过寿司和清酒。

"我不是原谅你，我只是肚子饿了哦。"

孔澄脱下脚上的短靴，把外送餐盒和酒瓶放下，跪在榻榻米上，自然地把巫马又随意甩下的麂皮鞋放好。

"你回答我，你到底有没有吃梦能力？"

两人狼吞虎咽地把寿司全送进肚子里后，孔澄边啜着热过的清酒边问。

巫马把手掌盖在清酒杯上，良久没有回答。

"是懂还是不懂？"

"这个问题我不想回答你。"

"你被关起来时也是那样回答的吗？"

巫马轻笑着摇头。

"要骗过测谎机，并不是那么困难的事啦。说到底，不过是一台机器。"

巫马等于已经说出了答案。

"巫马聪。"孔澄着急地嚷，"那我们要怎么办？你是这案件唯一的嫌疑犯。"

"做每件事情都有动机，你认为我有什么动机要吃掉那些人的梦？"

"我怎么知道？我根本就不了解你。"

孔澄放下酒杯，抚摸着杯子边缘低声呢喃。

"你不相信我？"巫马扬起眉毛。

"康敏行说，组织的人，好像怀疑你说能力在减退也是谎言。"

巫马叹口气，用双手揉着脸。

"如果我的能力不是在减退的话，我今天晚上就可找到这件事情的答案了。"

"嗯？"

"孔小澄，我唯有依靠你了。"

巫马又厚着脸皮伸出手来拉着孔澄的手。

"嘎？"孔澄微微涨红了脸。

"与我相反，你的能力，正在不断增长。如果是你，应该可以运用梦的力量，找到那四桩事件背后埋藏的秘密。"

"运用梦的力量？"

"记得我昨晚跟你说过，梦之国，就好像一个偌大的图书馆，储存着过去、现在与未来的集体潜意识吗？只要你在睡梦前向自己种下暗示，你的超意识，就会在今晚睡梦中，引领你找寻谜团的答案。"

"我、我办得到吗？"孔澄一脸困惑。

"现在，只有你拥有那样的能力，进入梦之国，获取事情的答案。"巫马看着孔澄的眼睛坚定地说。

"在梦之国里，有梦仙，也有梦魇。梦魇会阻挡你走进梦之国，摘取凡人不应知悉的秘密。但你是冥感者，只要诚心要求，梦仙会帮助你阻挡梦魇，让你在梦之国自由游历。"

巫马和孔澄再一次相对坐在床上。

"我要怎么做？"

巫马向孔澄递上纸和笔。

"把你想获得答案的问题，清晰地写在这张纸上，然后，集中意志，向梦仙请求帮助。最后，把这张纸折叠好，放在枕头下。"

"就是这样？"

"就是这样。"

孔澄歪着头，疑惑地接过纸和笔。

"好好集中意志，收拾心神。"巫马像老爹般嘱咐。

"就好像昨晚种梦一样吧？"

巫马点点头。

孔澄深呼吸了三下，把圆珠笔的笔盖拔掉，在白纸上写下：

073

请引领我找出莫知言、李大为、贺菊与蒋杰四桩事件背后埋藏的阴谋。

孔澄呼一口气，闭上眼睛，在心里把这请求默默重复念了三遍。

睁开眼睛时，巫马把一杯清水放进她手中。

"当你喝下半杯水之后，你的身体会接收到你要向梦之国传达的信息，带领你进入睡眠。当你醒来，喝下剩余的半杯水，你便会记起在梦之国曾发生的一切。"

孔澄以微妙的表情接过水杯，喝下了半杯清水。

冰凉的水滑过喉咙，像在瞬间渗透至身体每一个细胞。

孔澄把要"寄"给梦仙的信，轻轻放在枕头下。

"好好睡吧。"

巫马拉起棉被，替孔澄盖好。

"记着，如果在梦中看见梦魇，你只要看见自己的一双手，便会醒觉自己是在做梦。只是梦，不用害怕。"

孔澄在微暗中眨着眼睛点头。

"孔小澄，在梦之国，把埋藏的秘密带回来吧。"

孔澄缓缓地眨着眼睛，巫马布满思绪的脸孔，渐渐像被吸进水帘后般晃晃荡荡。

孔澄走在沾满夜露的草丛中。

短靴和牛仔裤也被夜露沾湿了。

漆黑的夜空，只有一弯弦月在云层后透着黯淡的光芒。

孔澄环视着陌生的原野。

野草高至孔澄的肩膀，无法看清四周的风景。

夜晚空气中，飘荡着乡间独有的气息。

夹杂着清风、树叶、野草、果实与动物排泄物的味道。

啊，对了，听得见不远处有河水流动的声音。

潺潺的河水声，在静夜听起来，像清灵的奏乐声。

孔澄一步一步拨开野草向前走着。

自己正前去某个地方。

自己正在暗夜中赶路，前去某个重要的地方。

河水声愈来愈清晰，就要走至河川附近了吧？

孔澄加快脚步。

拨开最后一帘草浪，宽阔的视界突然在眼前展开。

孔澄深吸一口气，半张着嘴巴。

缓缓奔流的河川，在黑夜中，宛如一条银色光带在闪闪发亮。

但令孔澄屏息静气的，不是那宛如银河的光带，而是遍洒地上的星星。

无数颗星星，环绕在孔澄身畔，闪动着银蓝色的光芒。

"好美。"孔澄脱口而出地感叹。

不，孔澄再定睛细看，那无数颗璀璨闪烁的光粒，不是星星，是萤火虫啊。

075

在深紫色的夜晚空气中，是萤火虫在河畔漫天飞舞。

"是海萤。"耳畔突然传来巫马的声音，把孔澄吓了一跳。

孔澄转过脸去。

穿着一身黑衣的巫马稳当地站在她身旁。

"海萤？"孔澄迷惘地注视着突然出现的巫马。

"比普通萤火虫大上两倍的海萤。"

巫马的眼眸在暗黑中闪闪发亮。

"听过海萤的故事吗？"

孔澄摇头。

"是个古老的传说了。"

巫马轻盈地把一只海萤捉在手里，缓缓摊开手心。

近看的话，海萤有着黑黑的身体和一双红红的眼睛。

远看那么漂亮的生物，凑近细看，感觉却有点可怖。

巫马轻轻放开手。

海萤徐徐飞舞远去，再度幻化成一团漂亮的蓝光。

"海萤是由一个女孩幻变出来的。传说在很久以前，在一个贫穷的小村落里，住着一对老夫妇，他们只有一个独生女儿，对她百般宠爱。小姑娘长得貌美如花，到了十六岁，村中的少年，都偷偷恋慕着她。老夫妇一心想女儿能过富足幸福的生活，要是嫁给穷村子的少年，只会一生受苦罢了。一天，一山之隔的邻村，最大户的富有人家，听说了小姑娘的美貌，特别遣人来提亲。老夫妇和小姑娘也欢天喜地，终于可以告别贫穷的日子了。就那样，小姑娘跟随使者，越过高高的山岭，嫁进了最大户的富有人家中。然而，老夫妇和小姑娘还是被骗了。富有人家的儿子，是个低能儿，因为村里没人肯嫁他，才跋山涉水到邻村去讨媳妇。小姑娘虽然想好好去爱自己的丈夫，但每天对着低能儿，还是委屈得以泪洗面。最后，小姑娘终于忍受不了，决定偷偷逃跑，一心想跑回父母身边。但是，一个弱女子，根本跑不了。小姑娘还未越过山岭，跑至山野中渡河时，便从桥上失足跌下河淹死了。小姑娘的身体慢慢沉进河里，临死前，她看着天空，许了个愿：'要是无法活着回家，单单灵魂也要回去家乡。'小姑娘的身影从水面上消失了，然后，从那晚以后，河川便出现了巨大华丽的萤火虫，死心不息地飞舞着。"

"太悲哀了。"孔澄喃喃念着。

"故事还未完结。"巫马顿了顿，"那低能儿什么也不明白，但他深爱着小姑娘。当他知道小姑娘淹死了，也投河自尽。最后，两人双双幻化成海萤，每晚在夜空中飞舞。"

巫马凝视着那些闪闪发光的蓝色精灵。

"这便是海萤的由来。"巫马静静地说。

"好悲伤的故事啊。"孔澄怔怔发着呆。

"爱人和被爱，原本就是一件悲伤的事情吧。"

"巫马。"

孔澄转过脸去，巫马却蓦地消失了。

"巫马，巫马。"

孔澄旋转着身体，朝被晚风轻轻摇摆着的草浪呼喊。

然而，陪伴在她身边的，只有悲伤的海萤。

"巫马，巫马。"

孔澄着急地跑起来，冲入草浪中，不断向前奔跑。

"巫马，你在哪儿？"

孔澄不断朝回头路跑，拨开最后一帘草浪，却发现自己置身在一片阳光遍洒的青草地上。

金色的阳光耀眼得让人睁不开眼睛。

孔澄眯起眼睛。

在青草地的远处，有一个穿着淡蓝色连身裙的窈窕身影。

女孩回过脸来。

孔澄用手背挡着阳光。

女孩的脸，由朦胧渐变清晰。

那是一张如百合般清纯的脸蛋。

被风吹着的及肩碎发徐徐散开。

小巧的脸上，那如小鹿般温柔的眼眸，静静地滑下泪滴。

"你……"

孔澄刚想举步向女孩走去，脚下的草地突然变成了一个巨大的黑洞。

孔澄一个踉跄地朝像没有止境的深渊一直往下滑。

孔澄伸出双手，想抓着什么，但什么也没法抓到，身体仍不住地向黑洞坠落。

手！

孔澄凝视着在黑暗中一双白皙的手。

"只是梦，不用害怕。"巫马的声音传进耳畔。

孔澄如释重负地呼了一口气。

身体缓缓坠落，沉沉地落在某个柔软的地方。

在睡梦中的孔澄，停止了快速眼球眨动，沉进无梦的深层睡眠中。

Chapter 4　透明的虚线

巫马和孔澄坐在热闹的路边小摊子，啃着厚牛油吐司当早餐。

"你在梦中看见那个我，是梦仙的化身吧。"

巫马大口啜饮着冒着热气的鸳鸯奶茶。

"梦仙？"

"梦仙不会让你看到真正的样子，总是以你喜欢的形态出现。"

巫马爽朗地笑着。

"看来孔小澄蛮喜欢我的嘛。"

"臭美，谁喜欢你了？"

孔澄撕下一小片吐司，递向一直在她和巫马脚边团团转的流浪狗。

"言归正传。在梦中，梦仙向你说了海萤的传说和看见一个哭泣的女孩？"

孔澄用手抚摸着大狗的头颅，困惑地歪着头。

"我一点也不明白。海萤和伤心哭泣的女孩，到底跟那四桩事件有什么关系？"

清晨，孔澄醒来时，脑海里一片混沌，完全不记得昨晚有没有做过梦了。然而，不可思议地，当她把余下的半杯水喝下后，昨夜的梦境，一点一滴清晰地重现脑际。

"那一定就是这事件答案核心的启示。"巫马抱起胳臂沉吟着，"答案应该已经放在我们面前了。问题是，如何为这梦境解码。"

"梦境解码？"

"我说过，梦境分析要依靠梦境解码专家吧？梦境中出现的启示，多半是富有象征意义的符号，要把这些符号解码，便能直入答案的核心。"

"那我们不是得物无所用？"孔澄泄气地扯着淡紫色毛衣的衣领。

"对于梦境解码，我师傅倒是教过我一点点。"巫马悠悠然地说。

巫马的师傅，就是貘吧？

巫马眼眸里，流过一抹怀念的表情。

"首先尝试分析那个海萤的传说吧。简单来说，就是一个低能儿与漂亮女孩悲伤的恋爱故事。不过，梦仙是很顽皮的，很多时候，梦境中的符号，会以刚刚相反的形态呈现。"

孔澄迷惘地注视着巫马沉思的表情。

"在梦境中，男的是低能儿，女的是漂亮女孩。说不定，在现实中，事实刚好相反。女的拥有某种缺憾，男的才是健全的人。"

"啊。"孔澄脑里灵光一闪，兴奋得手舞足蹈地嚷，"贺菊，那个自杀不遂的女孩，她不是患了精神病在疗养中吗？"

巫马的眼眸闪了闪。

"那四桩事件，与你的梦境能沾上边的，似乎就是她。"

孔澄兴奋地敲响指头，说："在梦的下半部，我看见那个在伤心流泪的女孩，说不定就是她。她就是整个事件的核心。"

巫马微侧着脸思考着，说："无论如何，就从她开始吧。参加梦境研究的共有六个人，我们分头去找他们或他们的家人谈谈，看看会不会有什么线索。我个人不太相信奇妙的巧合，那四个人身上接二连三地发生事故，如果背后藏着诡计的话，那四人除了曾一起参加过梦析研究外，他们之间，会不会还存在其他联系？"

孔澄双眼发亮，说："我知道了，就像很多推理小说那样，看似毫无关联的四个人，事实上在过去的人生中曾经拥有衔接点。或许那四个人一起做了令某人无法原谅的事，所以被凶手逐一谋杀他们报复？"

"孔小澄你是不是推理小说看太多了？还未开始调查，不要先入为主，妄下结论。"巫马严肃地说。

孔澄吐吐舌头。

"我去找齐学谦的儿子齐学礼、家庭主妇何文丽和跳楼自杀身亡的蒋杰家人。你负责贺菊、莫知言和李大为吧。"

孔澄点点头。"证实贺菊就是梦中那女生的话，我会第一时间打电话通知你。看来这件事很易破解嘛，关键一定就在那女生身上。"孔澄自信满满地说。

然而，孔澄的如意算盘，在抵达精神病院后，立即便摔破了。

贺菊并不是梦中的女生。

在梦中伤心哭泣着的女生，有着娇小玲珑的窈窕身躯，小小的脸纤细柔美，予人易碎水晶般的脆弱感觉。

贺菊属于健美型的女生，即使没有化妆，脸色苍白，眼神涣散没有焦点，轮廓分明的五官，仍然给人刚强的印象，可以想象好好化上妆和穿上套装时，是个外表时髦亮丽的秘书小姐。

"我可以和她谈谈吗？"

孔澄站在病房邻室的双面观察玻璃后，询问看上去一脸疲倦的主治医师。

"她昨天晚上曾经再度自杀，情绪很不稳定，我们为她注射了镇静剂，她现在处于迷糊状态。你们警方在案发后已经详细调查过了，确认她是为情自杀的。我也向你们递交了她详细的精神分析报告。她现在的精神状态，根本无法向你说出有条理的话。她自杀的事，有什么要再探查的地方吗？"

主治医师好像已受够了警察的咨询，稍稍露出不耐烦的表情。

"现在的年轻人，总是不懂得珍惜生命。"医师摇摇头。

孔澄凝视着监察玻璃后贺菊表情呆滞地躺在床上，睁大眼睛看着天花板的木然模样，感到一阵心痛。

她曾经是个爱笑爱闹的爽朗女子吧？

孔澄可以想象她坐在办公桌前，一边用手指飞快地敲打着电脑键盘，一边与同事谈笑说八卦的开朗表情。

"她会痊愈吗？"

医师眉心紧拢，一脸困惑不解的神情。

"一个多月来，我们已经是心理会谈和药物也双管齐下了，却一点起色也没有。"

片刻，两人默然无语。

"啊，她男朋友今早也来看过她了，刚刚才离去。"

医师像忽然想起似的看看腕表。

"他说要坐九点的公交车赶回去上班，你去外头的公交车站，应该赶得及找到他吧。只是一桩寻常的男女感情纠纷，你跟他谈过就知道了。"

孔澄和李昊君并肩坐在公交车站亭的木椅子上。

李昊君有点不自在地一直活动着他那纤巧的手指，来回解开又锁上公事包的金属扣。

"我早前已详细回答过警察的询问了。阿菊为我自杀，我很抱歉。但是，可不是我推卸责任，男女之间闹分手，总不只是单方面的责任吧？两人之间的事一言难尽，现在全世界都把我看成负心人。老实说，我觉得不公平。"李昊君微微歪着嘴角说。

"可以告诉我，为什么跟她分手吗？"

李昊君看了看孔澄。

"我和她不过交往了九个月。最初认识她的时候，觉得她很活泼爽朗，和她一起很愉快。我承认，我最初是很喜欢她的，还觉得她是不错的结婚对象。认识三个月，就冲动地求婚了。"

"那是很喜欢她了？"

李昊君苦笑着耸耸肩，继续神经质地开合着公事包上的金属扣。

"不过，那之后，阿菊就变得有点烦人了。"

李昊君抬起脸来看着天空，微侧着头回忆着。

"也许是恋爱的蜜月期过了？又或许是我求了婚，她觉得吃定我了吧？总之，她愈来愈任性，还未结婚，已经开始对我管这管那，动不动便跟我发脾气，我无论怎么做都好像会惹她不高兴，跟初相识的她判若两人。我实在受不了了。一天还未结婚，我们还是有选择自由的吧？长痛不如短痛，所以，我就想我们还是性格不合，及早分了，对大家都好。"

李昊君终于停止按动那金属扣，抬起食指按着眼睛，一脸烦恼的表情。

"没想过她那么死心眼，会弄成这样。"

"医师诊断，那是因为她患了躁狂抑郁症，所以才会性情大变。她是个病人，你现在可以理解了吧？神经分分的那个人，不是真正的她。待她完全康复了，你们就可重新在一起了。"

孔澄带着天真的眼神，又用她那罗曼蒂克的联想大放谬论。

李昊君以有点吃惊的表情转过脸看向孔澄，拉下嘴角苦笑着。

"她弄成这样，我的确有责任，所以才来看她，希望能帮上一点忙。不过，坦白说，我这样做已经仁至义尽了。有谁会想讨个有精神病的太太？我希望阿菊早日康复，如果她希望的话，我们可以做回普通朋友。结婚的事嘛，我想就不要再提了。"

李昊君像想拂掉什么污垢般连连摆手摇头。

孔澄怅然无语。

白色的公交车扬着灰尘朝车站驶过来。

"我要赶上班了。希望阿菊早日康复，这事快点平息就好。经常要接受警察问话，实在很烦人哪。看相的人去年就说我有桃花劫，我倒没怎么在意，遇上这样的事，真是倒霉。"

李昊君拢拢光鲜的西装站起来，的确是一副年轻才俊的模样。

孔澄默默目送他走上车厢。

十一月和煦的秋风扑在脸上，出乎意料地渗满寒意。

孔澄静静站起来，拍打着牛仔裤沾上的灰尘。

孔澄来到贺菊的家。贺菊的父母都上班了，家中只有还在读大学的弟弟贺唯。

贺唯看过孔澄从警察秘密组织那儿领来的警察证件，搔着头，有点不情愿地把她迎进客厅里。

"我姐姐自杀没有可疑的地方啊。为什么警察又再来问？"贺唯担忧地紧锁着眉心，"昨晚我们全家赶了去医院，天亮才回来。爸妈都是刚刚去上班而已。"

"你姐姐第一次自杀时，你在家吗？"

"全家人都在。那是星期六晚上发生的事情。姐姐用过晚餐后就一声不响地把自己关在房间里。我们都知她和昊哥砸了，不敢烦她。我从没想过姐姐会那么想不开。"

贺唯坐进客厅沙发，垂下眼帘，定定地看着放在茶几上的报纸。

"我和姐姐的感情不算好，不过，发生这样的事，才发现自己其实很喜欢姐姐。"贺唯一脸稚气地搔着短平头，"虽然她常常骂我啦。"

"在跟李昊君分手后，你姐姐的情绪就变得很不稳定？"

孔澄在沙发上向前倾身体，看着贺唯稚气未除的脸。

"怎么说呢？"

贺唯烦恼地搔着头，头皮屑掉在黑色毛衣上，孔澄有点尴尬地微微别过脸。

"在那以前，其实姐姐就变得有点奇怪了。我说姐姐常常骂我吧？不过，从小到大，她总是笑着骂我的。所以，我也不怕她。"

贺唯稚气地吐吐舌头。

"不过，是这半年的事吧，姐姐真的变得有点可怕，常常无缘无故地跟我找碴儿，像家里浴室的马桶盖我用完忘记了放下，也会被她大骂一顿。是恶狠狠地骂人哦。总之就是一副心浮气躁的样子。"

半年前，就是贺菊开始参加梦析集会的时候吧。

"你知道你姐姐参加了床褥公司举办的活动吗？"

贺唯点点头，说："知道。姐姐收到了上万元的床褥当礼物，每星期还去参加什么梦境分析研究集会。我听姐姐提起过，内容好像蛮有趣的，像梦见自己坐在无法驾驭的车子里，就是启示在现实生活中冲得太快了，要放慢脚步重新调适生活步调，姐姐好像也去得蛮带劲的。"

"你姐姐有提起过在集会上，发生过什么特别的事情吗？"

贺唯又再搔着头，更多白色头皮屑掉落在黑毛衣上。

"没什么。啊！"

贺唯搔头皮的手停顿下来。

"想起了什么？"孔澄兴奋地向前倾身体。

贺唯尴尬地垂下手，拍打着肩膀上的头皮屑。

"唉，我忘记了自己的头很脏，近来在赶论文，三天没洗头了。"

贺唯继续拍打着毛衣上的头皮屑，稚气的脸微微涨红。

孔澄失望地叹口气。

"可以让我看看你姐姐的房间吗？"

"哦，请便。"

贺唯站起来，领着孔澄穿过窄长的走廊，打开右边第一道房门。

"那个星期天，妈妈要我唤姐姐起床吃早餐，我打开她房门，她还睡在床上，我刚想趋前叫她，就看见滴落地上的一大摊血了。"

贺唯呆呆看着粉红地毯上留下的血迹。

孔澄环视着一百多平方英尺（约十几平方米）的小房间。

房间整理得很整齐，右侧是一整列白色衣柜，房间正中央的床上盖着玫瑰花图案床罩，床后是一整列淡绿色的木制陈列架，摆放着一排排恋爱小说、女性杂志，还有数十个小巧精致的香薰瓶。

靠窗位置摆放着椭圆形的桃木制梳妆台，台面只摆着一面化妆镜子和放着贺菊与李昊君合照的银制相架。

照片中的两人，头碰在一起，朝镜头灿烂地笑着。

贺菊如孔澄想象般耀眼亮丽。

"姐姐以前很爱整洁的，不过，自杀前那段日子，房间开始乱得不成样子，也不肯让妈妈替她收拾。妈妈最近才把房间恢复原状的。"

贺唯说着像发现了什么似的蹲在地上，在梳妆台脚旁拾起了一块小小的纸张。

"妈妈还是漏掉了这个哦。"

贺唯扬扬手上像餐厅收据的小纸片。

"一个月前走进这房间里，真是乱得很吓人的。"

孔澄有点失望地再环视了贺菊的睡房一遍。

就是一个女生的房间，没什么特别的地方。

"可以留下你的手机号码给我吗？如果我想起什么问题，可不可以再打电话找你？"

贺唯耸耸肩，自然地翻过纸片，说："写在这里可以吧？"

孔澄点点头。

贺唯在姐姐的陈列架上找了一会，才找到放在杂志后的笔筒，从中抽出一支圆珠笔时，一不小心，把笔筒弄翻了。

笔筒和放在笔筒前的两本书一起滚落床上。

"噢，对不起。"

贺唯微红着脸在纸片上写下电话号码。

孔澄想俯下身帮忙收拾散乱一床的笔。

"不用啦，待会我来收拾就好。"

贺唯把纸片递给孔澄。

"我这个人是有点笨手笨脚的，姐姐以前也常常那样骂我。"

贺唯眼里露出一抹失落的神色。

"谢谢。"孔澄把纸片放进牛仔裤前袋里，"今天打扰了。"

贺唯耸耸肩，俯下身来开始收拾笔和书本。

孔澄刚想举步踏出房间外，眼光突然呆呆地停在贺唯手上。

贺唯像发觉背后盯视着他的视线，讶异地回过头来。

"怎么了？"

孔澄的目光，被贺唯手上的小册子吸引住。

塑胶封面的小册子看来已有点陈旧，但令孔澄无法移开目光的，是那小册子封面印刷的蜡笔绘图。

那是一幅河畔萤火虫的蜡笔风景画。

"我可以看看吗？"孔澄指指小册子，语气急促地开口。

"啊。"贺唯垂下脸看看手上的小册子，脸上露出有点怀念的神情，"是姐姐中学的纪念册，我小时偷偷拿来看过了。"贺唯调皮地朝孔澄眨眨眼。

"我可以看看吗？"孔澄眼里闪过兴奋的神色。

贺唯以有点讶异的表情看看孔澄。

"没什么特别啦。就是女孩们临毕业前写给同学的纪念语。

你们女生，好像特别喜欢这玩意儿似的。"

贺唯一脸无所谓地把纪念册递给孔澄。

孔澄急急地把厚厚的笔记本翻了翻。

如贺唯所言，好像只是记下了同学间临别在即，向大家互道祝福的片言絮语。

"这个可以借给我吗？我一定归还的。"孔澄像宝贝般把纪念册抱在怀里。

梦之国启示的风景，出现在贺菊的中学纪念册封面上。

是巧合吗？还是暗藏玄机？

孔澄心里，好像燃起了飞跃的小火花。

"欸？"贺唯像有点为难地又再次忘形地搔搔头，"一定要还哦。不然姐姐会捏死我。我想，姐姐很快便可以回来了吧。"

贺唯想获得孔澄肯定似的，以期盼的表情看着她。

"你姐姐一定会好起来的。"

孔澄只能那样作出安慰。

抱在怀里的小册子，感觉沉甸甸的。

孔澄再看了一眼封面的萤火虫绘图，迷惑地眯起眼睛。

巫马和齐学礼在大学图书馆靠窗的角落压着声音小声谈话。

从一开始，巫马便觉得齐学礼对他来访采取拒人千里的态度，坚持在图书馆说话，就好像是暗示不想与巫马多谈。

齐学礼长得与父亲一点也不像，可能面孔遗传自母亲吧？个子矮小瘦削，单眼皮眼睛看人的眼光畏畏缩缩。巫马无法断言那别扭的个性，到底是因为生性害羞还是因为藏着秘密而心虚。

"我知道父亲已经跟你谈过了。我没什么可以补充的。"

"和你一起参加那集会的人，六人之中，除了你和何文丽以外，四个人先后发生了事故，你不会觉得心里毛毛的吗？"

齐学礼用手圈着嘴，干咳了一声才开腔。这一点倒是和他父亲很像。

"我是个实事求是的人。我相信父亲主持的研究，我一直有参加那个集会，所以我更清楚那些事故与集会无关。不过是一群人彼此分享梦境。在心理学研究上，那是普通不过的集会。如果与别人分享梦境就会死掉或神经错乱的话，那我现在也不会站在这儿跟你谈话了。"

齐学礼说话时，总是低垂着头，不知是看着地板还是自己的黑皮鞋尖。

"你知道除了你和何文丽以外，其他四个人突然停止了做梦吧？你是心理学者，你应该知道，无法做梦的人，会变得焦虑不安甚至精神失常。那四桩事件，说不定就是在那样的心理状态下引发的。四个参加梦析集会的人突然无法再做梦，你不觉得两者可能互有关联吗？"

巫马露出有点不耐烦的表情，一口气地问道。

齐学礼还是一副温吞水的态度，缓缓地开腔。

"发现了梦境中断现象时，我父亲已经立即中止集会。那些人在之后相继发生事故，只能说是不幸的偶然吧。我说过，我活生生地站在这儿，就是最好的证据。"

齐学礼的手微微握起拳头。

"因为发生这些突如其来的事件，我父亲的研究也被迫终止了。我父亲和我，比谁都要失望。我和父亲不是犯人。我父亲已经跟你解释过研究的背景和情况，你却像探查犯人般来找我，我觉得很不舒服。"

"这只是例行查询，你是不是神经过敏了？"巫马扬起眉毛。

"我听父亲说过了，你才是唯一懂得吃梦的人。如果那些人的梦境真是被吃掉了的话，你现在不是贼人自己喊捉贼吗？"

齐学礼终于第一次抬起脸来，那双单眼皮眼睛直视着巫马。

那是像蛇般让人浑身起鸡皮疙瘩的偏执目光。

孔澄坐在出租车里，朝莫知言留院的医院进发。

出租车收音机在播放着 *Reality* ① 那首老歌。

悠悠的少年男声轻唱着：

Dreams are my reality

The only kind of real fantasy

Illusions are a common thing

I try to live in dreams

---

① 原唱理查德·桑德森（Richard Sanderson），是苏菲·玛索主演电影《初吻》的主题曲。

It seems as if it's meant to be

Dreams are my reality, a different kind of reality

I dream of loving in the night

And loving seems alright

Although it's only fantasy

那是孔澄很喜欢的一首歌,孔澄一边翻阅着贺菊的纪念册,一边随旋律轻轻哼着。

"纪念册中册中人,勿忘纪念册中人。"

"I have a pen that is blue. I have a friend that is you."

"山能平,水能干,友谊之情永不忘。"

"If you drink tea, remember me. If you drink tea hot, forget me not."

怀念的心情由孔澄心底油然而生。

是啊,小学和中学毕业前,也有过那段把同学厚厚的笔记本逐一捧回家,晚上一边复习应付考试,一边思量着要写什么别致祝福送人的日子。

孔澄继续哼着曲韵,慢慢翻阅着纪念册。

孔澄突然像喉头被硬物哽住了般,感到无法呼吸。

"啊。"孔澄继续眨着眼睛,凝视着纪念册中的一页,没发现自己什么时候忘形地大声嚷叫了出来。

司机像被吓着般急急刹车。后边尾随的私家车差点就碰上出租车,司机愤怒地大力按喇叭。

"小姐,发生什么事了?"司机回过头来,瞪着像被蛇钻进车厢咬了一口，面孔刷白的孔澄，吃惊地问。

"出现了。"孔澄呆呆地嚷，"出现了。"

"出现了什么？"

司机大惑不解地环视着后车厢，像在探查是否真的有蛇钻了进来。

孔澄的眼睛，定定地落在纪念册的一页。

蓝色粉纸上，记着用圆珠笔写下娟秀小巧的字体。

"世事沧海桑田

　唯独友情不变

　　　皑盈"

皑盈。海萤。

孔澄把食指放在那些娟秀的字体上，闭上眼睛，集中念力搜寻着。

"小姐，小姐，你没事吧？怎么了？"司机着急地看着像失去了意识的孔澄，"喂，小姐。"

但是，孔澄的意识，已进入了异次元的世界。

一瞬间，孔澄脑海里清晰地再次浮现出梦中女孩流着泪的脸。

皑盈。是她吗？

巫马手忙脚乱地抱着在他怀里哭个不停的小女婴。

"对不起，警察先生，还要你帮忙看小孩。"

外形圆圆胖胖的何文丽用手扫扫女婴的背，又匆忙跑回浴室。

"师傅，我不过是大力按了马桶的冲水按钮一下，水就冒出来，脏死了，你快想想办法呀。"何文丽洪亮的声音从浴室传出来。

"陈太，你要是没空，我改天再来好了。"

巫马狼狈地伸出大手在女婴眼前摇晃着想吸引她的注意力，但她就是嚎嚎地哭个不停。

巫马对她完全没辙，简直哭笑不得。

"你人都来了，不用客气。哎呀，对不起，麻烦你了。"

何文丽从巫马怀里抱回女婴，女婴立即安静下来，圆眼睛还骨碌骨碌地瞪着巫马。

巫马皱起五官，扮个凶神恶煞的脸。

女婴又哇一声大哭起来。

巫马急忙把双手斯文地放在背后，装作看向窗外的风景。

"怎么又哭起来了？"

何文丽慢慢摇晃着女婴，女婴终于慢慢安静下来。

"佣人今天请假了，浴室又这个样子，真不好意思。"

"不用介意，我打扰你才不好意思。今天来，是想请教你关于床褥公司那个研究会的事情。"

"啊。"何文丽抱着女婴在客厅来回踱着步，"前些时也有些警察来问过我。到底发生了什么事？"

何文丽似乎对那四桩事故一无所知。

事实上，那四桩事件，也不是什么耸动的新闻，一般人也不会多加留意吧。

"是不是商业诈骗？从那个集会中止，警察来向我套话，我就有点怀疑了。"

何文丽挑起圆脸上的文眉。

"不过他们也没来收回那张床褥，我的车马费也全收到了，我并没有什么损失。那个集会呀，其实还蛮有趣的。"

"我只是想问你一个简单的问题。在那些集会中，你印象里，有发生过什么特别的事情吗？"

"上次的警察也问过相同的问题。没有呀，真的没有耶。"

何文丽认真地思考了一会，一个劲猛摇头。

"在那集会以前，你完全不认识其他的成员？"

何文丽笑起来，说："怎么会认识呢？一个小弟弟是酒楼服务生。两个小帅哥一个是银行投资顾问，一个虽然失业中，不过以前好像投资股票赚过大钱耶。另外那个漂亮的秘书小姐，与我完全是不同世界的人啦。至于那个小眼睛的男人，我想是床褥公司的职员吧？教授每次发问，他也是第一个带头讨论。我虽然没有读过很多书，不过，还是一眼就看出来啦。"

巫马有点忍俊不禁。如果齐学礼知道别人把他看作是床褥公司的小职员，一定会气得七孔生烟吧？

"太太，太太。"浴室里的师傅高声嚷着。

巫马眼看何文丽又要把女婴塞回给他，刚想找个借口开溜。

何文丽却忽然把嘴巴张成 O 形，像想起什么似的"啊"了一声。

"想起了什么？"巫马踏前一步。

"这样说来，小组中有两个人，好像以前是互相认识的。"

"欸？"

"是这样的，第一次集会，我是最早抵达大学教室的。然后，贺菊和蒋杰一前一后地走进来。两个人像久别重逢般亲切地打招呼了。"

"贺菊和蒋杰？"巫马蹙着眉。

何文丽点头，说："就是秘书小姐和股票先生。"

"你说像久别重逢？"

"唔，感觉是那样吧。看他们的神态，不像很熟络的样子。我听他们聊了几句，好像是有共同的朋友，以前见过数面。"

"共同的朋友？"

"让我想想。"何文丽抿着嘴巴微侧着头，"他们好像说了类似'这么多年不见，大家的样子都没怎么改变呢'这种话。"

"感觉像旧情侣吗？"

何文丽一个劲地摇头，说："我说过了，感觉上那两人不是太熟络，不过，好像聊起了共同认识的人。'我有时还是会梦见她'，我好像听见蒋杰那样说了。然后，贺菊回了一句'因为你们是初恋嘛'。由于我们是来参加梦境分析集会，所以我对那句话印象特别深刻。也可能因为如此，他们才会聊起梦的话题吧。"

何文丽顿了顿。

"那两人谈了一阵就好像相对无言了。除了相认的一瞬间之外，聊起共同认识的那个人，好像不是什么愉快的回忆。那之后，两个人每次集会并没有坐在一起，感觉并不特别友好。好像就只是相识一场罢了。"

何文丽耸耸肩。

"太太，太太。"浴室中师傅有点不耐烦地再次呼喊。

在巫马还来不及告辞时，何文丽已再一次把女婴自然地塞进他怀里。

不消半秒钟，女婴又放声大哭起来。

孔澄坐在莫知言的私家病房里，看着那张宛如静静熟睡了的脸。

刚才已跟主治医师详细谈过了，莫知言在汽车失事时脑部受到撞击，虽然已经动手术成功取出脑里囤积的血块，却一直陷于昏迷没有苏醒。

"是莫先生的朋友吗？"

护士小姐进来，用湿毛巾替莫知言擦拭身体。

孔澄简单地点头。

"工作很辛苦吧？"孔澄打开话匣子。

护士小姐微微一笑。

"虽然这样说有点不好意思，但医院里大家都很羡慕我呢。"

护士小姐看向莫知言，朝孔澄眨眨眼。

孔澄凝视着莫知言俊朗的脸，跟护士小姐会心微笑。

"好像第一次见你，以后多点来看他吧。我想，他一定会苏醒的。"

护士小姐温柔地看着那熟睡中如孩子般平静的脸。

"他一个人睡在这儿，一定很寂寞。"

"对不起，我和莫先生也不是很熟络。他没有女朋友或家人吗？"

护士小姐苦笑了一下。

"亲人只有他父亲一个。莫老先生有点行动不便，不过每隔几天还是会来一次。女朋友呢，人很漂亮，最初每天都来，近两个星期，好像没怎么见到她了。"

"可能因为工作出差了吧？"

护士小姐微垂下眼帘。

"莫先生已经这样子个把月了。我们在医院里看过不少这样的例子啦。也很难责怪他的女朋友。"

护士小姐停下手来，翻弄着手上的毛巾。

"丈夫得了绝症，妻子从来不敢踏足医院，说是无法忍受看见丈夫等死的样子，那样的夫妻也有。女友汽车失事断了腿，最初殷勤照料，最后崩溃下来，痛哭着跟我们说：'她已经不是我认识的她了。'然后就再没出现过，那样的恋人也有。当然，也有些令我们看了也掉泪的夫妻和情侣。在医院这个地方，感情就像压缩气体那样。"

"他女朋友一定只是出差去了。明天就会来看他的。"孔澄眨着眼睛，像默祷着似的说。

"嗯，一定是那样吧。"护士小姐替莫知言拢了拢棉被，
"对不起，我多嘴了。给护士长听到，我又要挨骂的。"

两人相视，交换了一个苦涩的微笑。

护士小姐悄悄退出房间。

孔澄坐在床畔，看着床头柜上用玻璃水瓶插着，已微微弯
下头颅来的一大束紫色郁金香。

在飘散着药水味道的房间里，郁金香垂头不语。

巫马看着手里厚厚的相簿。

"到现在，我还是不敢相信，那孩子就那样走了。"

蒋杰的妈妈外表看来很年轻，一点也不像有个二十三岁的
儿子。

相簿中的蒋杰，照相时总是微微蹙着眉，眼神给人有点神
经质的感觉，微向下弯的嘴角，像是稍稍带点距离，嘲弄着这
个世界，予人桀骜不驯的印象。

"那孩子是聪明反被聪明误吧。还是大学生的时候，他已
经偷偷瞒着我们炒卖股票。有一次，他把一张金额大得让我吓
了一跳的支票递给我，说：'妈，我不想读大学了。这个给你
做家用。'因为钱来得太轻易，被胜利冲昏了头脑，我和他
爸怎么规劝他，他也不听，就那样辍学了。后来科技股爆破，
他欠下了一屁股债。我们劝他脚踏实地去找工作，但每做一份

工，他都说老板比他笨多了，干几天就不肯去上班。出事那天，真的一点异样也没有。我在厨房，他走进来跟我说：'妈，我出去买包烟。'真的是那样说啊。'妈，我出去买包烟'，那就是他最后跟我说的话。然后，我们便接到警察通知了。'妈，我出去买包烟。'那孩子用平常的口吻在我背后安静地说。"

蒋太太没有流泪，只是重复地诉说着，像眼泪已经流干了。

"出事前，你们有没有察觉任何异样？"

蒋太太摇头，说："他已经自暴自弃好一段日子。不过，最初是懒洋洋的，什么也提不起劲。最后那段日子，是变得有点暴躁易怒吧。不过，一直把自己关在家里，就会变成那个样子呀。"

"你知道他参加了床褥公司的活动吗？"

蒋太太点头叹口气，说："又是不劳而获的事。每星期去下集会便有三千元车马费。如果不是床褥公司把床褥送来，我还以为他骗我呢。"

"他有提起过集会的事吗？"

蒋太太摇头，说："完全没有。"蒋太太顿了顿，"不过，我想，他把那集会赚来的钱，都花在俱乐部里了。"

"俱乐部？"

"我也是最近终于收拾心情，整理他的东西才发现的。"

蒋太太在沙发上向前倾身体，在茶几上拿起一个小型火柴盒递给巫马看。

"你给我看看？是不是那些不正经的俱乐部？"

巫马把火柴盒放在手心里。

紫色的火柴盒上，印刷有毛笔字体的"梦都"两个字。

巫马把火柴盒翻过来，黑色底部只印上了白色的电话号码。

"很抱歉，我也没听过这间店。"

"我想一定是不正经的俱乐部。"

蒋太太低低叹口气。

"自从沉迷股票，那孩子的一生就毁了。中学时，他一直是优等生呢。明明是个聪明的孩子。"

巫马无言地翻开火柴盒。

火柴盒内还余下三根未用的白色火柴。

在火柴盒盖背面的灰色底纸上，像是有人闷极无聊地在小小的空间内重复写下了"梦都"两个字。

巫马的眉心渐渐聚拢起来。

"蒋太太，这是蒋杰的笔迹吗？"巫马以自己也吓了一跳的大嗓音问。

"是哦。怎么了？"蒋太太一脸错愕。

巫马把火柴盒紧握在手心里，微垂下脸，陷入沉思的表情。

离开蒋家时，巫马打了个电话给康敏行。

"小康，蒋杰那份遗书，化验所鉴定的时候，有发现他的指纹吗？"

"啊，这个倒是没有。那张纸上完全没指纹，不过化验所的人认为纸张的面积很小，又没有经过折叠，没有留下指纹也不奇怪。"

"遗书是在哪儿发现的？"

"在蒋杰跳楼时身穿的风衣右口袋里……"

巫马已听不进康敏行接下来唠唠叨叨的一大堆话。

抓到那人的尾巴了！

那躲藏在暗黑中的影子的狐狸尾巴。

"我发现了很重要的事。"

孔澄打开大门让巫马进屋里来时，两人四目相投，异口同声地说。

"你先说。"

两人再度异口同声地开腔，不禁相视而笑。

"先进来吧。我叫了外卖比萨，冷了就不好吃。"

孔澄收拾着餐桌，腾出空位，把比萨盒摊开，从冰箱里掏出两罐冰冻啤酒。

"这次你一定会赞赏我的。"孔澄得意洋洋地说。

巫马拉开椅子坐下来，说："那你先说吧。"

孔澄把手探进纸盒里捧起一大块特辣肉酱比萨。

"我肚子饿，你先说。而且，我要说的才是高潮，得等到最后。"孔澄闪动着眼眸说。

巫马没好气地摊摊手，清清喉咙，煞有介事地向前倾身体，看着孔澄的眼睛。

"蒋杰的遗书，是伪造的。"

孔澄一双圆眼睛睁得大大的。

"怎么会？"孔澄满嘴都是肉酱与烤饼屑，含糊地嘟哝着。

巫马悠悠地伸手拉开啤酒罐装拉环，舒畅地大口呷着。

"警察的鉴证科，不是已经检验过笔迹了？"孔澄终于吞下满嘴食物，语音稍为清晰地问。

"我叫小康把遗书的复印本传真过来了，你收到没有？"

"传真？"孔澄狼狈地放下比萨，用纸巾抹着沾满油脂的手，"有哦。就是那七个字：'因为梦被吃掉了'。明明在警局里已经看过了嘛。"

孔澄走至沙发旁的小茶几上，拿起传真递给巫马。

巫马把传真纸摊放在餐桌上，在牛仔裤袋里掏出从蒋家拿回来的火柴盒。

孔澄来来回回看着传真纸和火柴盒上的文字。

"字迹完全一模一样哦。"

巫马摇摇头。

"再看一遍。"

孔澄把脸凑近至可闻到纸张味道的程度，像用火眼金睛再看一遍。

"就是一模一样嘛。"

巫马微笑起来。

"在过去假冒字迹的案例中，最多错判的案件，就是检验专家只专注于字体，忽略了不起眼的笔顺。"

"笔顺？"

"这份假遗书，基本上把蒋杰的字迹模仿得完美无瑕，可是，却有一个无可补救的漏洞。"

"漏洞？"

孔澄再次把眼光放回两张纸上，还是茫无头绪。

"拿支笔过来，你在这纸上空白的地方试写个'四'字。"

孔澄满腔困惑地握起笔，在传真纸上写上"四"。

孔澄的笔顺是 丨 ㄱ ノ ㄴ 一 。

"你再看看火柴盒里，梦字中的'四'字？"

孔澄恍然大悟地张开嘴，眼光梭巡着两份笔迹。

火柴盒上的梦字中的"四"字，笔顺是 丨 一 ㄥ ノ ㄴ 。

传真来的遗书上的梦字中的"四"字，笔顺是 丨 ㄱ ノ ㄴ 一 。

"只差一点点就被骗了。检测专家一定是谨慎地检测过字迹，确实是模仿得惟妙惟肖。但是所谓字迹鉴定，并非完美，因为专家也没法找到死者生前写过一模一样的字句来比对。我能侥幸地发现这个不起眼的漏洞，是因为我和蒋杰一样，总是把四字的笔顺写错吧。"

"那么，蒋杰不是自杀的？"孔澄呆呆站立着，"但是，我今天调查过贺菊和莫知言的自杀事件和汽车失事意外，真的没有可疑的地方啊。"

莫知言的医师证实了，莫知言被送院时，身上没有检测出酒精或药物。

孔澄离开医院后，也逐一探访了交通意外的目击者，证实莫知言当时独自驾车，是越线时汽车失控撞向石墩的。

警察的汽车检验报告，也证实汽车的性能正常。

"如果遗书是伪造的，有两个可能性吧？其一是蒋杰是被某人推下楼的。在那以前，把纸条塞进他的口袋里。其二也有可能是某人在他跳楼后，才把纸条放进他的口袋里。现场完全没有目击证人，所以无法敲定。"

"如果蒋杰明明是自杀的，根本没有道理要在他袋里放下伪造的遗书啊。"

巫马用手指按按眉毛。

"小康也曾经说过，会引起组织高度关注这案件，而且留意到另外其他三桩事件，就是因为出现了这封遗书吧？我觉得，这遗书就像是某人特别张贴起告示，大声宣布：'参加梦境研究的四个人都遭遇了事故。喂，你们睁开眼睛好好看清楚吧。'"

"有谁？为什么要那样做？"孔澄一脸匪夷所思。

"这我就不知道了。"巫马伸出手拿起比萨大口咬着。

"那你今天不是没有解决谜题，反而给我们丢来更大的谜题吗？"孔澄没好气地翻翻白眼。

"我倒觉得事情变得愈来愈有趣了。"

巫马津津有味地大口吃着已变冷了的比萨。

"哇，好辣。孔小澄，你又发现了什么？"

孔澄重新在巫马对面的椅子坐下，换上一副严肃的表情。

"我呢，发现了海萤。"孔澄微微蹙着眉。

"海萤？"

"虽然是我天马行空的联想，但我偶然发现贺菊纪念册里，有一个同学的名字叫皑盈。"

孔澄把刚才匆忙地推到一旁的纪念册翻开给巫马看。

"皑盈。海莹。"巫马喃喃念着。

"你觉得会不会是我太神经兮兮？不过，你说过，梦之国的启示，就是事情的核心答案。而且，当我用念力呼唤这叫皑盈的女孩时，再次看见了梦中女孩的脸孔。"

孔澄在餐桌上拾起一本画簿翻开来。

"虽然不是画得很传神，但我尝试把女孩的面孔用素描画下来了。"

巫马把眼光投向画簿上那用铅笔素描出的面孔时，愣了一下。

"这个女孩……"

"你认识她？"

"对这面孔好像有点印象。"巫马一脸疑惑地思忖着。

"你见过我在梦中见到的女孩？"

巫马眯起眼睛思索着。

"到底是在哪儿见过？这张脸……"巫马蓦地抬起脸，"啊，在蒋杰的相簿里，好像见过她的照片。"

"蒋杰的相簿？"

巫马微歪着头，说："照片里的蒋杰和这女孩都很年轻，感觉是中学时代的照片吧。我也不是百分百肯定，因为你的画工嘛，实在不怎么样。"

巫马不忘调侃孔澄一下。

"不过，轮廓和感觉也很神似。"

巫马放下只吃了一半的比萨，定定地凝视着那张素描画。

"对了，何文丽说过，贺菊和蒋杰好像有共同的朋友，两人还提及初恋什么的。"

巫马缓缓抬起头来，与孔澄四目交投。

难道……

"连上了。"二人异口同声地说。

"贺菊是皑盈的好友。"孔澄说。

"贺菊曾提及的初恋，说不定就是指蒋杰与皑盈。"巫马沉吟着。

"那难道莫知言和李大为，也与皑盈有什么关系吗？"

孔澄心念一动，匆忙走到电话机前拾起话筒，从牛仔裤袋里掏出贺唯给她的电话号码。

"这四个人，不是互相联结着的。连结四个人的虚线，是叫皑盈的女孩？"孔澄边拨着电话号码，边兴奋地嚷。

"贺唯，我是孔澄。你对你姐姐的一个朋友，叫皑盈的女孩有没有印象？"

孔澄握着话筒，默默听着。

好半晌后，孔澄缓缓放下话筒。

"怎么了？"巫马问。

"皑盈姓莫。全名是莫皑盈。"

孔澄有点呆呆地走回巫马跟前。

巫马眼里露出兴奋的神色。

"那说不定，跟莫知言是有亲戚关系的吧？只要找警局的人帮忙，很容易就可以确认了。那么，剩下的，就只有李大为。"

巫马亢奋地站起来，在客厅来回踱着步。

"巫马。"

"嗯？"

"那个叫皑盈的女孩已经死了。"

巫马蓦然停下脚步，回过身来，"死了？"

两人的视线，不约而同地投向画簿里的素描。

画纸上那淡淡的倩影，像是以哀愁的眼眸，静静注视着他们。

Chapter 5　消逝的脸

莫知言是莫皑盈的哥哥。巫马和孔澄第二天一早便确认了这一点。

贺唯只知道莫皑盈是姐姐的好朋友，但在一年前自杀去世了。

根据贺唯的说法，贺菊对皑盈自杀的事说得很含糊，好像不愿多提。他只记得姐姐出席葬礼后心情低落了好一段日子，还说过什么自己要为她的死负上责任之类的话。

这句话的意思，贺唯、巫马和孔澄也想不明白。

巫马再次找到蒋太太，询问有关蒋杰与皑盈的事情。蒋太太对皑盈稍微有一点印象，好像是蒋杰在中学时交往过一段时间的女孩。不过，两人好像早就分手了。

总而言之，已经可以证实，皑盈是贺菊、蒋杰与莫知言的衔接点。

剩下的，就只有李大为。

那个在中菜酒楼当服务生的十九岁小男生。

李大为是在九月二十七日黄昏于街上被警察截查身份证时，突然发狂试图抢夺警察佩枪，双方纠缠时枪支走火，被子弹射进胸部，送院抢救十二小时后死亡的。

巫马和孔澄一起前往李大为生前工作的酒楼。

那是位于闹市二楼，一间风评相当好的中菜酒家。

正值早上点心茶市的巅峰时间，超过两千平方英尺（约一百八十六平方米）的店面排满铺着鲜红色桌布的圆桌。

侍应们推着点心车在食客间叫卖。

酒楼里食客熙攘的谈话声、手机尖锐的响铃声、杯盘碰撞的铿锵声、人们翻阅报纸的窸窣声此起彼落。

巫马和孔澄在接待处表明身份，穿着红色滚金边长旗袍的接待员微微苍白着脸按下电话内线呼叫经理。

"你认识李大为吧？"等待经理的时间，巫马问旗袍女生。

长发在脑后盘成小髻的旗袍女生一脸欲言又止的神情。

"警察之前也来问过话。发生那样的事，酒楼自然遭到食客投诉，说怎么会请那种会抢警察佩枪的危险人物当服务生。发生这样的事，经理也很伤脑筋。我们被好好训话过，不许随便乱说话。不过，那小弟总是安安静静的，和大伙儿也不熟络，我们根本没有什么好说的，除了……"

旗袍女生挑起眼角，瞥见从楼上走下来的经理，随即噤声。

酒楼经理王德，年约五十岁，圆胖的矮小身材，头上从左侧发线分界勉强地把稀疏的发丝盖在半秃的头顶上。

经理看了看巫马和孔澄的证件，眉头深锁，挂着一脸忐忑的表情，把他们迎进楼上的办公室。

"我还以为调查已经完毕了？"

经理做个手势，请巫马和孔澄在有点残旧的啡色皮沙发坐下。

"麻烦你了。"巫马微微欠身，"我们也看过之前警察的报告，只是有几个问题想请你补充一下。"

"嗯。"经理有点紧张地眨着眼睛。

"你是李大为的舅舅吧？"

"嗯。"经理一个劲地搓着手。

"李大为初三辍学，十六岁进这间酒楼厨房当学徒，是你介绍的？"

经理缓缓点头。

"李大为脑筋不好，书读不下去，但性格很纯良，对学做菜很有兴趣。他妈妈请我介绍工作给他，我见他肯学肯做，就让他在厨房里当学徒。虽然他是我的外甥，我可没有特别偏袒他。"经理像为了强调什么似的特别加上一句。

"但事故发生前，他的职位是服务生？"

一瞬间，经理脸上掠过一抹晦暗的表情。

"啊。"经理额头微微沁出汗珠，"李大为在这里工作了三年，最初是当厨房学徒的，他也一直很认真学习。不过，那孩子性格就是有点温吞水，手脚太慢，在厨房总是被师傅骂。一年半之前，迫于无奈，唯有把他调到楼面部负责传菜。我想他也很失望，不过他并没说过想辞工不干。"

不知为什么，经理的语气，像是深深懊悔着当初的决定。

巫马和孔澄也留意到了，经理刚才脱口而出"那孩子"。看来，他虽然在嘴里跟李大为划清界限，心里还是很疼这外甥的。

"不是作为外甥，而是作为酒楼员工，你对李大为品格的评价好像相当正面？"

经理点头，说："当然哦。酒楼是服务性行业，员工的服务态度好是基本要求。直到现在，我怎样也不明白他为什么会做出抢警察佩枪那种荒唐的事。要是对他的品格有怀疑的话，我早就把他辞退了。我追随了这酒楼的老板三十多年，他现在已移民外国享福，把酒楼的一切都交给我打理。因为私人感情，把情绪不稳的外甥留在酒楼服务顾客，我可担当不起那样的责任。"

经理额头沁出更多汗珠，他却像浑然不觉。

"明白了。那么，事发之前，有觉得他有什么异样吗？"

经理像吓了一跳般抬起脸来。

"没有。没有。完全没有。"经理微喘着气重复地摆着手。

"没有觉得他那阵子特别心浮气躁，易怒不安？"

不知为什么，经理脸上闪过一丝狼狈的神色。

"没有。没有。完全没有。"

"发生事故以前，他的服务态度有没有遭受过顾客投诉？"

经理微微愕然地张着嘴，好像没想过会被问及那样的问题。

"没、没有。"

经理有点犹豫地微垂下头，一直盯着茶几上的烟灰盅。

经理把巫马和孔澄送至酒楼门口。

"对不起，我们还想跟你的员工们分别谈谈话，可以吗？"

巫马用眼角看向店面的服务生们。

早上的茶市已经结束，正值中午茶市开始前，员工准备下场休息的时间。

刚才酒楼里的喧闹恍如一场幻梦。

服务生们三三两两聚在一起，更换着桌上的桌布和餐具。

当经理伴着巫马和孔澄走下楼时，两人可以感觉到，服务生们都停下了忙碌的手，竖起耳朵听着经理和他们谈话。

经理面露难色地环视了店面一遍。

员工们立即调过视线别过脸，装作勤快地忙碌着。

"我已经跟你们仔细谈过了，还有什么不清楚的地方？"

"不会打扰他们很多时间。"巫马坚持着欠欠身。

经理叹一口气。

"唉，要你们分别询问也太辛苦了。那样吧，我现在就把他们集合在一起，跟你们聊一聊。李大为是个沉默寡言的青年，跟大家都不熟络，我想他们实在没什么好跟你说的。"

个子矮胖的经理像想到了好点子般搓着手，不待巫马和孔澄回答，已走至大厅中央集合着员工。

那拖着脚步走的背影，显得有点沉重。

员工被经理集合成一列，有点别扭地互相交换着眼色。

巫马心里叹口气。

"我们只有一个简单的问题。发生事故前，你们和李大为共事期间，有发生过什么印象特别深刻的事情吗？或是李大为有没有跟你们提起过什么特别的事？警察已仔细调查过了，李大为没什么朋友，你们每天一起工作十多个小时，应该总有人会跟他聊上几句吧？"

巫马和孔澄也开始感到有点绝望了。

如果他们的假设成立的话，李大为应该也必定在人生的某一点，能跟莫皑盈衔接上来的。

一个辍学三年，不爱与人交谈的孤独青年，到哪里去探寻他过去的历史？

经理的态度也很奇怪，闪烁其词，像隐藏着什么。

排成一列的员工面面相觑，气氛就是很不对劲。

"你有想起什么吗？"巫马问刚才在接待处的旗袍女生，"你刚才正跟我们说起，除了什么……"

旗袍女生向经理的方向瞄了一眼，连连摆手。

"没有。我和那小弟不熟。"

其他员工也闪避着巫马和孔澄的视线摇头。

孔澄在心里叹口气。这里共有三十四个员工，要逐个突击，下班后探访他们，可要费相当时日啊。

"我就说大家没什么好说的了。"

经理吁一口气。

"你们到底还想探查什么？"

经理不安地拨着头顶上稀疏的发丝。

"那恕我们打扰了。"

巫马和孔澄泄气地告辞。

"对不起，请问盥洗室在哪儿？"

孔澄已经憋了很久，跟经理再次道谢后，匆匆钻进盥洗室里。

李大为和莫皑盈，应该一定互有牵连才是。

是在哪儿会接上边呢？

孔澄把背靠在盥洗室门上，失神地想。

找谁来告诉我一下吧。

这个时候，念力能派上用场吗？孔澄抱着开玩笑的心情想着。

我可以用念力呼唤那知道答案的人前来吗？

天灵灵、地灵灵，出现点什么灵光启示一下吧。

一定有谁会知道什么哦。

门外传来有人扭开水龙头洗手的声音。

"四点钟，后街咖啡室。"一把柔柔的女声传进来。

孔澄以为是自己幻听。

"嗄？"

"四点钟。"水龙头被关掉的声音。

孔澄霍地打开门，盥洗室里，只有镜子反映出她愣愣的面影。

巫马和孔澄慢慢啜饮着咖啡。

每次咖啡室的门被推开，两人便不约而同地抬起眼睛。

咖啡室的装潢还停留在二十世纪六十年代，不是赶时髦那种人工化的怀旧室内设计，这间老店在这条小街上已屹立了三十多年。

粉红绘花图案壁纸。

每个厢座墙壁上悬挂的墨绿色磨砂玻璃雕花壁灯。

坐下去弹簧会发出倾轧声的深棕色厢座皮椅。

厚重的白瓷咖啡杯碟。

连煞有介事地穿着白衬衫、黑背心与结着黑色蝴蝶领结的中年服务生，也像被时间胶囊全部一起包裹着，从六十年代滑过时光隧道，直接降落这儿。

室内光线昏暗，怀旧国语小调的曲韵在空气中静静流转。

一个年纪十六七岁，穿着素净粉红衬衫与黑色 A 字裙的女生推门进来。

巫马和孔澄不约而同挺直腰板。

女生经过巫马和孔澄身旁，在他们后面的厢座坐下。

"对不起，迟到了。"女生以柔细的声音，向合上杂志的男生道歉。

"不，不，没关系呀。"男生以漾满笑意的声音回答。

巫马和孔澄失望地垂下肩头，两人交换了一个眼色。

"那么有男士风度，一定是刚开始约会啦。"孔澄朝巫马眨眨眼压低声音说。

巫马没好气地微笑。

大门再次被推开。

一个穿绿色校服与蓝色绒布短裤，肩上背着红色书包的小学生走了进来。

巫马和孔澄再次垂下肩头。

小男生笔直地走至巫马和孔澄的座位，一屁股坐在孔澄身旁，甩下书包放在地上。

"嗨。"小男生模仿着大人的口吻说。

巫马和孔澄面面相觑。

"你们不是在等我吗？"

小男生转着小面孔，来回看着巫马和孔澄。

小男生八九岁，幼幼的声音，像女生般尖细。

"欸！"巫马和孔澄恍然大悟。

"盥洗室里那个人是你？"孔澄问。

小男生用力点头。

"你叫什么名字？"

"王清扬。"小男生闪着清亮的眼睛咬着清晰的发音说，"你们和爸爸的谈话，我都听见了。"

"你是经理的儿子？"孔澄讶异地睁大眼睛。

"嗯。你们是不是在查案，要捉拿杀死哥哥的凶手？"王清扬像大人般抱起手臂。

"欸？"

"你说的哥哥，是李大为？"

王清扬又使劲点头。

"哥哥是好人，所以是坏人杀了他吧？你们要捉拿那个坏人？"

"王清扬是吧？"孔澄弯下腰来，看着小男生的脸，"是哥哥做了不好的事。"

"哥哥不会做坏事。哥哥常常陪我玩。"小男生嘟着嘴巴说。

"是吗？"

"哥哥只是运气不好。"小男生忽然学着大人的口吻说。

"运气不好？"

"哥哥常常说，'自己运气不好'。"

"你知道运气不好是什么意思吗？"孔澄有点啼笑皆非。

小男生想了想，说："就是运气不好喽。"

"哥哥为什么运气不好？"孔澄耐着性子问。

"哥哥说自己运气不好，没有聪明的脑筋，脑袋里放不下书本，叫我要好好读书。"

"啊。"

小男生模仿着李大为的语气再次说："真是运气不好。"

"哥哥还有说什么呢？"

"'当不成厨师，也是自己笨，运气不好。不过，运气最不好的，还是连累了舅舅，又连累了别人。'"

"哥哥那样说了？"孔澄扬起眉毛。

"那件事之后，哥哥说得最多就是这句话了。也不肯陪我玩。"

"那件事之后？"

"就是那个可怕姐姐的事嘛。"

"可怕姐姐？"

巫马和孔澄注视着小男生皱起眉头的小脸。

"爸爸把我一起带到医院去了，向那个可怕的姐姐一直鞠躬，说了很多次对不起。因为那个可怕姐姐，我的新校服和新玩具都没有了。爸爸眉头深锁，哥哥也不陪我玩。"

小男生说话没头没尾，但是，巫马和孔澄好像渐渐抓到一点事情的轮廓了。

"姐姐有什么可怕的地方？"孔澄蹙着眉轻声问。

"姐姐长得很丑呀。我从医院回来，晚上就做了噩梦。我告诉哥哥，哥哥还动手打我，说不准我取笑姐姐。但她真是很丑耶。"

小男生像想起来也觉得很委屈似的，泪水忽然在眼眶里打滚。

"哥哥动手打了你？"

小男生像回想起也觉得很凄楚地含着泪一个劲点头。

"哥哥不陪我玩，样子也愈来愈凶。都是那丑八怪姐姐害的。"

"你知道哥哥和爸爸怎样认识姐姐的吗？"

"在酒楼里喽。"

"酒楼？"

"姐姐来酒楼吃火锅，哥哥端菜给她吃，然后，救护车便来了，酒楼里乱成一团。"

小男生吐了吐舌头。

"爸爸不准大家再提起那件事的啦。哥哥有一个月没有来酒楼，不过，后来爸爸好像去姑妈家把他带回来了。"

孔澄倒抽一口凉气。

孔澄和巫马互看一眼，孔澄从背包里拿出早上从蒋家借来，蒋杰和莫皑盈的合照。

"你见过的姐姐，是不是这个姐姐？"

小男生睁大眼睛注视着照片猛摇头。

"不是啦。姐姐好丑好可怖的。不是这个姐姐啦。"

小男生兴趣缺缺地别过脸。

"那,我可以点蛋糕吃吗?爸爸以前常带我来这儿吃蛋糕,最近都不肯带我来了。"

小男生活泼地跳起来。

"可以让我偷偷加入,与你们一起去查案吗?我想亲手捉拿那个杀死哥哥的人。他一定是坏人吧?因为哥哥是好人。"

小男生满脸兴奋地跑到糕点柜前选蛋糕。

"是莫皑盈吧?"孔澄双手抚摸着脸,"那个被李大为毁容的女孩。"

孔澄感到背脊蓦地升起了一阵冷飕飕的寒意。

是满怀恨意的报复吗?

孔澄想起梦境中那张如百合般清丽的脸蛋。

小男生提起可怕的姐姐,一脸像见到鬼魅般的厌恶神情。

是很严重的烫伤吗?

那张柔美纤细的脸蛋,被命运无情的手,冷酷地抹掉了。

天使的脸孔,变成像恶魔般的脸。

一定深受打击,痛不欲生吧?

但莫皑盈跟李大为一样,明明已经逝世了啊。

"酒楼发生的事件,是意外吧?我想李大为也一定懊悔和内疚不已。"巫马沉沉地说。

孔澄叹口气。李大为确实是个运气不好的青年。

"贺唯说，皑盈是在去年十二月过世的吧？"巫马问。

"不会是鬼魂来复仇吧？巫马，你不要吓唬我。受害的四个人中，除了李大为外，另外三个人，是皑盈的好友、哥哥和初恋情人哦。"

巫马和孔澄满脸迷惘，落入沉思中。

紧扣四个人的虚线已完全连接起来了。

但是，这四个人，为什么非死不可？

谁对他们怀有那么深的恨意？

是皑盈寂寞的鬼魂回来报复，并呼唤着各人去与她作伴吗？

孔澄甩甩头，感到全身起了鸡皮疙瘩。

"电影院在放杜鲁福的影片，要不要一起去看？"

椅背后传来后边厢座男生有点紧张的声音。

"好唯。不过，你其实喜欢看动作片的吧？"女生开朗地回答。

"没关系，你说过喜欢杜鲁福嘛。"男生喜孜孜的语气说道。

"我怕你会打瞌睡啦。"

"不会，保证不会。"

"真的吗？"

"当然。"

巫马和孔澄紧锁着眉心默然无语，只有男女生甜蜜蜜的声音，在弥漫着逝去时光氛围的小店内，缓缓沉淀。

"皑盈真是个傻女孩。"

曾轻微中风的莫老先生，把身体埋进沙发里，手指一直轻敲着倚放在膝上的拐杖。

"只要再忍耐一段日子，待伤口愈合了，就可以去外国做整形手术。她哥哥连钱都筹到了，她却等不了。"

莫皑盈是去年十二月的平安夜，在家里服食大量镇痛剂和安眠药自杀身亡的。

"皑盈原本是剧团演员？"

孔澄环视着客厅组合柜和茶几上，用大小相架细心裱装好的莫皑盈照片。

照片中的皑盈，比孔澄在梦中所见更美。

一头柔软的及肩碎发，脸蛋很小，令像小鹿般的双眸显得更清灵。

淡淡的眉毛、秀气的鼻梁、薄薄的嘴唇。

没有表情的时候，整副脸孔予人的印象如水墨画般淡淡的，有一种朦胧之美。

眯起双眸笑起来时，却又令人感觉跳脱可爱，像一只机灵的小兔。

拥有那张引人入胜的面孔，有一天，她会成为出色的舞台剧女主角的吧。

莫家看来是家境不错的小康之家，公寓坐落在半山的宁静住宅街。

七百多平方英尺（六七十平方米）的房子布置得清雅舒适。

"他们母亲在生皑盈时难产去世了。皑盈长得很像她妈妈。她妈妈以前也是舞台剧演员呢。"

莫老先生睁着布满皱纹的干涩眼睛，看着皑盈的照片伤感地低叹。

"她哥哥筹了钱准备送她去外国做手术，他们兄妹俩感情很要好？"孔澄问。

莫老先生点点头，握紧拐杖摇晃着。

"从小感情就很好。皑盈总是腻在知言身边，向哥哥撒娇。"

莫老先生顿了顿。

"知言汽车失事，或许也是因为妹妹的事心神恍惚才导致的吧？"

"皑盈有两个朋友叫贺菊和蒋杰。你有印象吗？"巫马问。

莫老先生苦笑着摇摇头。

"我也算是一个男人带着两个儿女，退休前，光是工作就够我忙了，对儿女的朋友没什么印象。"

"皑盈发生事故后，有朋友去医院探望她吗？"

"我行动不便，一星期只能去一两次医院，都是知言在照顾她。听说，剧团和很多朋友都去看过她。她在医院里留医了三个月。不过，她回到家里以后，就没什么人来过了。"

莫老先生叹口气。

"这个我也明白。我想，皑盈看见他们难受，他们看见皑盈也难受吧。即使是我，每次看见皑盈那张毁了的脸，也很心痛。原本她就最爱漂亮，长一颗暗疮也像天塌下来。知言把家里的镜子全收起来，连盥洗室的镜子也拆掉了。"

"根据警方的记录，你们好像没对酒楼和服务生作出起诉？"

莫老先生用手指按着眉心，一脸倦容。

"说起来也真讽刺，风雨不改地出现的人，只有那个小男生。叫李大为是吧？可这样的事，并不是说一千句对不起就能原谅的。我和知言也想追究到底。但那男生和他的舅父每天都去医院，皑盈好像早就心软下来，说追究也于事无补。皑盈从小心肠就很好，连一只蚂蚁也不忍心伤害。我不明白上天为什么会那样对她。"

"既然已经准备去外国做整形手术了，为什么还……"孔澄不知怎么说下去。

莫老先生摇摇头，说："这个谜，我想我永远也不会了解。她狠心地抛下我和她哥哥，我无论怎样想也想不明白。"

"皑盈有男朋友吗？"孔澄问。

在来莫家的路上，巫马和孔澄好好讨论过了。

梦中海萤的启示，应该不只指向皑盈的名字吧？皑盈虽不是低能儿，却是个有缺憾的女孩。梦中的低能儿投河自尽了，为了与心爱的小姑娘一起变成海萤。现实中的皑盈，是否为情自杀？

"皑盈从来没跟我说过。她是个把什么事都放在心里的女孩。已经二十三岁了，有男朋友也是很自然的事。不过，她从没有带过男生回家，也没介绍过给我认识。"

莫老先生顿了顿。

"我听知言说，皑盈好像有很多男生追求。其中有没有感情特别亲密的，我就不知道了。不过，你现在问我的话，那些狂蜂浪蝶，看过那张毁了的脸，恐怕也作鸟兽散了。"

莫老先生像早已参透人世的悲欢离合般，以比哭还难看的表情苦笑着。

巫马和孔澄默然无语。

从走进这屋里开始，孔澄便觉得，四周皑盈的照片，像随时会滑下泪，朝向她悲伤地哭泣。

不，照片中的皑盈，一直朝向她悲伤地在哭泣。

那无助的哭音，扎痛着孔澄每一根神经。

"停车，停车。"孔澄一直静默地坐在吉普车副驾驶座上，呆呆地看着车窗外流过的夜色。

"怎么了？"巫马还是把吉普车停在路边，按亮双闪灯。

孔澄打开车门。

"这是我小时候常常来玩的公园啊，好怀念。"孔澄跑进黑夜的公园里，"我心里憋得要死了，完全透不过气来，好难受。"

孔澄站上秋千架，用力地荡起来。

"给我三分钟，三分钟就好了。"

巫马在她旁边的秋千默默坐下。

孔澄用力地屈膝蹬着秋千再站起来，不消一分钟，已愈荡愈高。

　　"皑盈现在在那高高的天空中，俯视着我们吧？"孔澄抬头看着漆黑的夜空。

　　天空中云层很厚，一颗星星也没有，月亮也不知逃到哪儿去了。

　　"她为什么非要自杀不可？"孔澄闷闷地垂下眼睛。

　　巫马坐在秋千上，缓缓地摆动着身体。

　　"皑盈死了。李大为死了。连她的初恋情人蒋杰也死了。莫知言昏迷不醒。贺菊被关进精神病院。一切到底为了什么？"

　　孔澄用力地荡着秋千，像发泄什么似的嚷嚷。

　　"我不想再被卷进这样的事件中了。为什么总是没有好事发生？"

　　孔澄缓缓减慢秋千的节奏，在巫马身旁慢慢地来回摆荡。

　　"莫皑盈在梦之国出现了，是想跟你说什么吧。"巫马说，"只是梦魇阻挡了你们相见。你拥有那样的能力，难道你不想再进入梦之国找寻她，找出一切的谜底吗？"

　　孔澄摇荡秋千的手停住了。她缓缓地滑坐在秋千上，心不在焉地前后摆动着身体。

　　"你说过，梦之国中出现的影像，可能是真实的倒影吧？说不定，皑盈含恨而终，她的心已经变得跟她被毁掉的脸孔一样丑陋了。梦中那美丽的她不过是缥缈的幻象。四桩事件，或许都是她的冤灵作祟，都是她在呼风唤雨。"

　　孔澄垂下眼帘看着沙地。

"莫皑盈原谅了毁掉她脸孔的李大为。你以为那样的她，会含恨回来复仇和自私地把哥哥呼唤去陪伴她吗？"巫马静静地问。

"我已经什么都不知道了。"

孔澄把双脚放在沙地上，慢慢按停秋千。

好半晌后，孔澄像在波涛汹涌的大海中找到救生圈那样，抓住在脑海中闪过的一丝灵光。

"或许，是最爱她的人们，代替她进行的复仇？"

孔澄涨红着脸看向巫马。

"这次事件，是莫知言、贺菊和蒋杰合谋的。他们要替皑盈复仇。他们策划了完美的杀人计划，一起潜入梦境分析研究小组，让李大为对他们敞开心扉，然后吃掉他的梦，让他神志失常地抢警察的枪，神不知、鬼不觉地借凶杀人。"

巫马没好气地摇头。

"你的推理错漏百出。首先，他们怎样令组织的抽样调查刚好选中他们？第二，他们之中，谁有吃梦的能力？第三，他们如何预知李大为会去抢警察佩枪，又如何预知警察的枪支会走火？第四，蒋杰死了，莫知言仍然昏迷，贺菊被送进了精神病院。难道那一切都是在演戏？"

孔澄泄气地低头不语。

她但愿这是一次爱的复仇。

梦中的皑盈，是因为那样而哭泣的吧？

如果是那样的话，明天，蒋杰说不定便会从死亡的幽谷回来，莫知言会悠悠醒转，贺菊会恢复活泼亮丽的本色。

　　"孔小澄，不要做白日梦了。莫皑盈、李大为、蒋杰、莫知言、贺菊全都是受害者。在黑暗里，一定有某个我们还未揪出的暗影在主宰着这一切。"

　　"如果不是爱的复仇，那怎么都说不过去。"孔澄不情愿地说。

　　她好想这一切是莫知言、贺菊和蒋杰的合谋。

　　如果真是那样的话，他们就会回来。

　　即使要把他们关进监狱，却可以再一次看见会笑会走，会爱会恨的他们。

　　"你先不要尽在爱恨的问题上打转。既然进入了死胡同，我们就要尝试回到最初的出发点再重新思考。我们再重新想想，一起参与集会的六个人，为何只有四个人遇害？假定杀人的方法真是通过吃梦让他们心智失常，假借他们自己的手自杀或发生意外，那么齐学礼和何文丽为何没有受到影响？"

　　"你怀疑齐学礼和何文丽？"

　　巫马摇头，说："我不知道应该怀疑谁。只是有一个问题，我无论如何想不明白。"

　　"嗯？"

　　"我跟你说过了吧，吃梦不能单靠运用远距离的念力完成。在成功进行吃梦以前，冥感者必须与被吃梦的对象作过眼神接触，不经意地带起过有关梦的话题，通过对象的灵魂之窗种下暗示，才能潜进那个人的梦境，把他的梦吃掉。"

131

"嗯，你在会议室里的确那样说过。"

"那六个人，除了每星期的集会外，并没有私下见面。那吃掉他们梦境的人，到底是在何时，用什么方法，只接触过其中四人？"

"可以在平日分别去找他们呀。"

巫马摇头，说："有陌生人忽然走来你身边，跟你提起梦境的话题，你会跟他或她聊起来吗？那个集会，是唯一能自然达到这目的的机会。但齐学礼和何文丽却没有受到影响，为什么？"

"答案很简单嘛。一定是他们四个人私下曾经会面吧。集会后，一起去喝一杯，也不是没有可能。"

"莫知言、贺菊和蒋杰还有可能，你觉得李大为会跟他们一起去喝酒或唱卡拉 OK 吗？"

"这个……"孔澄不甘心地拼命转动着脑袋，"总之一定因某种际遇，那四个人曾被集合在一起啦。"孔澄强撑着说。

"你说什么？"

"我说因某种际遇，只有那四个人在一起啦。"

巫马脸上，闪过恍然大悟的神色。

"你想到了什么？"孔澄跳下秋千。

"齐学礼和何文丽，曾经有一个星期没有参加集会。"巫马像忽然想起似的说。

"嗯？"

"我跟他们见面时，确认过他们的出席记录。两个人巧合在同一个星期曾经缺席。齐学礼是为了赶论文，何文丽则因为女儿生病了。"

"什么时候的事？"

巫马从牛仔裤后袋抽出记事本，说："是集会第五个星期。"

"慢着，齐教授不是说过，那四个人，是在第六个星期开始检测不到做梦的脑电波，在第八个星期中止了实验吗？"

"换句话说，在第五个星期集会结束后，那四人曾在外边会面吗？为什么？那四个人，好像不太凑合得起来。"

巫马沉吟着，垂下眼睛看着记事本中的日历。

"梦境集会是从五月的第一个星期六开始的，第五次集会，也就是五月三十一日。"

"五月三十一日？"

孔澄用手指轻敲着下巴，眼里露出有点困惑的神色。

"我对这日子好像有一点印象。"

"欸？"

"五月三十一日。我为什么会有印象呢？好像不久前才看见过这个日子。"

孔澄用双手捂着脸，努力思索着。

五月三十一日。白纸黑字的编印的日期。好像最近才刚刚看见过哦。

孔澄骤然放下双手，在牛仔裤袋里搜寻着贺唯记下电话号码给她的纸片。

孔澄把纸片翻过来。

那是一张计算机打印的餐厅收据。

五月三十一日。

"啊，巫马你看，这是在贺菊房间里掉落的旧餐厅收据。上面的日期，不正好是五月三十一日吗？"孔澄兴奋得直蹬脚。

笨手笨脚的她，好像真的拥有奇异的感应能力，总是能呼唤到各种微妙的信息。

巫马和孔澄在一片幽暗中，头碰着头，拼命读着收据上的内容。

收据上编印着著名连锁式美国餐厅的名字。

编印日期是五月三十一日。

时间是晚上七点十二分。

台号十四。

食客人数共有五人。

账单明细包括三杯红酒、一杯柠檬苏打和一杯黑色俄罗斯。

账单金额是三百二十一元。

"是贺菊和其他朋友喝酒的餐厅账单，还是那天集会完毕后，他们四人真的去了酒吧一起喝酒？"孔澄疑惑地问。

"我已经教过你很多次了。你是冥感者，要留意和摘取身边出现的信息。孔小澄，对自己多一点自信呀。世间上没有接二连三的巧合，这是你用念力呼唤而来的信息。"

"那么，那四个人，的确是曾私下会面了？"

"不是四个人，是五个人。"巫马指指收据上的食客人数。

"五个人？"

"除了莫知言、蒋杰、贺菊和李大为外，还有一个人跟他们一起。"

就是那个懂得吃梦的人，利用这次机会，向他们种下暗示，顺利侵入他们梦境的吗？孔澄思忖着。

那个人是用什么方法接近他们的？

"以冥感者来说，孔小澄你还真是个福星，总是轻易地找到意想不到的线索，不愧是我的高徒。"

巫马笑逐颜开，一副老怀大慰的表情。

正在严肃地讨论问题嘛，巫马怎么又嘻嘻哈哈地在扮小丑。

真弄不清他在想什么。

孔澄突然微微一愣，眼光无法从那张偶然获得的收据上移开。

黑色俄罗斯。那不是巫马每次到酒吧都会点的鸡尾酒吗？

孔澄甩甩头。

一定是自己太神经兮兮了。

黑色俄罗斯。这杯鸡尾酒，一定有很多人都喜欢喝的吧？

孔澄抬起眼睛偷瞄了巫马一眼。

"好，这重要的线索，让我来好好保管吧。"

巫马笑着自然地把收据放进牛仔裤口袋里。

孔澄定定地看着巫马的侧脸，轻轻咬着唇。

信息。巫马说，这世界上没有偶然的巧合。信息。

孔澄困惑地皱着眉心。

公园里，空无一人的两个秋千，静静地伫立风中。

Chapter 6 梦之国

"上一次，梦魇阻止了你与莫皑盈对话。今晚你再进入梦之国时，梦魇一定会来阻拦。我担心梦仙也阻挡不了那股黑暗的力量。"

孔澄像小女娃般被巫马安顿在床上，盖好棉被。

巫马在客厅里拿来一把椅子，坐在孔澄床畔。

"那要怎么办？"孔澄在幽暗的房间里眨着眼睛。

坐在身畔的巫马，身上散发着淡淡的香皂气味。

巫马嫌孔澄的香薰浴露味道太重，自己去超市买来廉价的香皂放在浴室中。

这个男人，是打算一步一步侵占自己独居的小窝吗？

孔澄不知应该高兴还是迷惘。

刚才在浴室淋浴时，孔澄一边洗着头发，一边不断在心里跟自己说：要相信巫马，要相信巫马。

心里到底为什么会升起猜疑和不安？巫马不是一直都与自己并肩作战的吗？

如果连巫马都不能信任，那不是太悲哀了？

"我会送你一个护身符，在危难时扶助你。但你还是要自己小心。"

"巫马，你不可以一起与我去梦之国吗？我们一起进去找莫皑盈吧？"孔澄困惑地皱起眉。

巫马摇摇头。

"不要依赖我。总有一天，你要独立的。孔小澄的力量已经变得比我强了，只是你自己还没发现罢了。"

我才不要独立哦。自己一个人的话，纵使拥有多大的力量，也没有意思，也不好玩了。巫马一点也不明白。

"闭上眼睛，集中念力，呼唤莫皑盈在今晚梦中前来跟你相见吧。"

"你不是说会送我护身符吗？"孔澄嘟起腮帮。

巫马笑笑，从棉被里抽出孔澄的右手握在他宽大的左手里。

巫马提起右手食指，翻过孔澄的手掌，在她手心里开始写起字来。

"你在写什么字？"孔澄微红着脸，感受着巫马手掌温热的触感。

"还不知道哦。"巫马的食指一直在孔澄手心里画着。

"还不知道？"

"我送你一个载有我念力的文字。有需要时，它便会幻变出精灵来帮助你。"

"什么精灵？"

"那便要看你需要什么精灵扶助了。文字也拥有不可思议的力量。有机会我再教你吧。"

巫马用右手合起孔澄的手掌。

"孔小澄你听好，这护身符只有非不得已时才用的。你应该早就能独立了。如果你真的用到这护身符的话，就是借用了我的力量，我又会短寿一点了。"

巫马叹口气，露出一脸悲惨的表情。

"只有一个护身符吗？失灵了怎么办？"

巫马搔搔头，说："我看孔小澄愈来愈贪心。好吧，为了确保你能安全从梦之国回来，今晚由海豚智者护送你去梦之国。小智会尽忠职守，担保把你安全送回来。如果在堕入噩梦无法脱身时，只要呼唤小智，小智就会送你回来。"

"小智？"

"你这个人真饶舌，闭上眼睛，你很快便会看见它。"

孔澄半信半疑地闭上眼睛。

"好，现在放松身体，在脑海里想象你的床变成一艘橡皮艇，漂浮在平静的海洋中。"

巫马以柔和的声音，缓缓地说道。

"看见了吗？你正躺在橡皮艇里，身体舒舒服服地随着海浪的节奏轻轻摆荡。"

"嗯。"

"现在，想象躺在橡皮艇的你，慢慢睁开眼睛来。你看见清澄的夜空，明亮的月色，漫天闪亮的星星。清新的海风吹在身上好舒爽，你觉得很平和，很温暖，很舒适。你的身体，随着海浪的节奏轻摆，感觉很温暖，很舒适。现在，你感到眼皮愈来愈重，你愈来愈困。"

孔澄含糊地应了一声。

"现在，呼唤海豚智者来到你的身边吧。小智是你梦境出入口的守护精灵，它会与你一起，进入梦之国，并把你安全带回来。看见了吗？现在，有很多条海豚围绕在你那艘橡皮艇的四周。看见了吗？它们全都是海豚小智的分身。"

在平静的海洋中，在美丽的月色和星光照耀下，孔澄看见了，无数条可爱的小海豚围绕在她躺着的橡皮艇四周。

海豚们只有上半身探出水面，不停朝孔澄上下摇摆着头颅，总像在笑的嘴里，发出悦耳的高分贝叫声。

"看见小智了吧？小智感应到你的呼唤来到了吧？"

"嗯。"

"现在，小智要带你前往梦之国。你看见了吗？海豚们用鼻尖圈上橡皮艇的绳索，慢慢把你拖向更遥远的海洋去。"

"不用害怕。远处的海洋，是更恬静、更美丽的地方。"

"小智要带你去了哦。好好睡一觉，跟随小智进入梦之国……"

"梦之国……梦之国……梦之国……"

巫马的声音，好像在深谷中回响着的回音般，在孔澄耳畔缭缭绕绕。

在橡皮艇里的孔澄闭上眼睛，橡皮艇继续舒服地轻轻摇摆。

海风柔和地拂在脸上。

孔澄挂着微笑沉沉睡去。

睁开眼睛来，耀眼的阳光刺进瞳孔深处。

孔澄眯起眼睛，茫然地看看四周。

自己正躺在青草地上。

孔澄撑着双手一骨碌地坐起来。

手！

啊，对了，自己正身在梦中。

要去寻找皑盈。

自己正置身上次看见皑盈在哭那个青草地吗？

孔澄环视四周。

不，自己好像正置身某个庭园里。

前后左右都是攀满绿色植物的围墙。

孔澄站起来，拍拍牛仔裤上的草屑，疑惑地向前行。往前走了几步，才发现左右两面植物攀藤围墙之间，有个狭窄的出口。从出口向外望，又是另一面攀藤植物围墙。

啊，所以刚才才会产生了前后左右都是绿色植物围墙的错觉。

孔澄穿过出口，前后左右再度出现四面绿意盎然的攀藤围墙。

孔澄怔怔地立在原地。这是怎么回事？

明明转了一个弯，怎么跟刚才的景物一模一样？

孔澄踮高脚尖，完全弄不清自己究竟身在何处。

抬起头来，可以看见美丽的蓝天。

孔澄三百六十度旋转了一圈，瞪视着映入眼帘那抹无休止的绿。

是迷宫。孔澄忽然明白过来。

孔澄在欧洲，曾经玩过这种花园迷宫。

从高处看下去的话，整座迷宫均是用绿色攀藤植物搭建起的一列列围墙。

置身迷宫中时，无论怎么走，总是被围困在绿色花园之中。

这就是梦魇设计来阻拦她的魔法吗？

雕虫小技嘛。

孔澄最喜欢玩迷宫了。

可以说是个小小的迷宫专家。

孔澄拍拍手，想甩下背包找寻工具，才发现自己双手空空如也。

对了，在梦中，没有百宝背包哦。孔澄泄气地想。

不过，自己是个迷宫小天才。再复杂的迷宫，也难不倒她。孔澄自信满满地迈开脚步，准备破解这个"小孩玩意"。

孔澄不知道自己走了多久，只知道天色渐渐暗下来，风愈吹愈强，双脚好累，肚子在咕咕作响。

孔澄甩甩头。

这是梦境。疲累、寒冷、饥饿的感觉，都是梦魇的魔法。

自己根本不需要食物、喝水和休息，也不会饿死或冻死的。

然而，孔澄一步一步走，还是觉得愈来愈累，愈来愈冷、愈来愈饿、愈来愈饥渴。

黑夜过去，旭日高升，孔澄继续在花园迷宫中拖着缓慢的脚步。

日落西沉，黑夜再度来临，孔澄转过一个又一个弯，仍然继续在一成不变的绿色花园中走着。

白天。黑夜。白天。黑夜……

孔澄累极，跪在地上。

怎么可能？这个迷宫怎么那么难缠？

放在草地上的一双手映入眼帘。

孔澄突然再次意识到自己身在梦中。

在绿色迷宫中走着走着，有好长一段时间，孔澄忘了自己是在做梦，好像只是被逼迫着，在这无休止的绿色围墙间一直走下去。

对啊，自己在做梦。

但是，一个晚上的梦，怎会这么冗长？

这见鬼的梦境怎么还不醒来？

已经走了不知几天几夜啊，早已精疲力竭。

无论如何，应该醒来了吧？

自己投降了。这是迷宫小天才也没法破解的见鬼迷宫。

只要梦醒，回去找巫马想办法便好了吧。

明晚才再进来就好。

快醒来，快醒来，这可怕的梦境快点完结吧。孔澄在心里哀求着。

快要累瘫了。

好累。好冷。好饿。好渴。

即使明知是梦，寒冷、饥饿、虚脱的感觉却是那么真实。

这真的只是梦吗？

对了，呼唤小智来就好。

巫马说过，小智会把她安全带回梦之国出口。

孔澄闭上眼睛，呼唤着小智。

小智，小智，快来救我。

"忍耐点儿呀，你不过做了十分钟的梦啊。现在放弃，还太早吧。"一个声音在她耳畔细声说着。

"是小智？小智？"

耳畔传来高分贝的悦耳叫声。

怎么可能只有十分钟？已经走了几天几夜，球鞋都要破掉了呢。

"我要回去啊。"孔澄哀求着。

"继续忍耐下去。你只做了十分钟梦，一切不过是幻象啦。"

小智怎么不听她召唤？孔澄气急败坏地想。

见鬼！难道巫马又捉弄她吗？

小智根本不是来帮她，是巫马派来监督她完成任务的小鬼头。

可恶！懒惰狡猾的巫马聪！

自己窝在家里睡大觉，派她来这里受苦，还派小智守在梦之国的出口，不让她回去。

太过分了。

孔澄不断在心里咒骂。

怎么可能只在这迷宫走了十分钟？明明已经走了数不清多少日多少夜，已经累得贼死。

已经不行了。

我就躺在这里，等待梦境完结吧。

然而，当孔澄感觉自己像躺在草地上等了三天三夜后，只有更冷更饿，梦境却完全没有完结的迹象。

"怎么可能？"孔澄哀号着，重新拖起脚步站起来。

所谓修罗道，也是这样的折磨吧？

因为战争而死的灵魂，会堕入万劫不复的修罗道。

每天早上睁开眼来，就与敌人在战场上厮杀，被砍个遍体鳞伤。

然而，第二天，战争又会重新开始，周而复始，在永恒里，永没有完结地置身残酷的战争中。

这就是修罗道吧？

已经受不了了。

孔澄在迷宫中踉跄地拖着脚步。

对了，护身符。巫马不是给了她护身符？

孔澄摊开手掌。

巫马要再短寿一点也顾不得了。是那大块头先捉弄我的。

文字，文字，快幻化成什么精灵扶助我吧。

孔澄闭上眼睛，不断在心里念着，念了十多遍后，紧张地睁开眼睛，定睛凝视着手心，等待什么奇迹出现。

然而，什么也没有发生。

孔澄定定凝视着手心，继续耐心等待着。

仍然什么也没有。

怎么护身符还没发挥威力？

巫马不是说精灵会来救她的吗？

难道那个也是谎言？

是巫马把她骗进梦之国，把她囚困在这迷宫中的吗？

孔澄甩甩头。

不会，巫马才不会那样对我。

孔澄噙着泪水，继续拖着脚走着。

巫马不会欺骗我的。

孔澄再次不断走不断走，终于累得倒在地上，双手捂着脸孔哭起来。

真的不行了。已经到极限了。

泪水滑落手心里。

随后，不可思议的事情发生了。

孔澄凝视着自己的右手心。

一个"雙"字，慢慢在她的掌心浮现。

"雙"？

那文字缓缓飘升至半空，在空气中一点一滴膨胀，然后，"雙"字化成碎片散在空中，两只蓝色小鸟啾一声在空气中出现，拍着双翼飞舞着。

啊，"雙"是双字的古文，由两只小鸟组合而成的古代象形文字。

对了，如果有小鸟在天空中带领的话，立即就可走出这座鬼迷宫吧？

孔澄心里欣喜若狂。

两只小蓝鸟转着杏形褐色眼睛，张开黄色小嘴巴："不要哭，我们来了。"

两只小鸟发出清脆的笑声。

"怎么你们现在才来？我已经呼唤你们好久了啊。"孔澄疲累地喊。

"巫马说你爱撒娇，一定动不动就用他的护身符，所以他施了一个暗号，除非你哭着呼唤我们，不然，还不到你自己应付不了的境地呀。"

"嘎？"孔澄气得握紧拳头，额上青筋暴现，"太过分了。"孔澄愤愤地嚷。

"你借用了巫马在枯竭的力量，他又要短寿一些了。巫马不是对你很好吗？"

"啊。"孔澄愣愣地张开嘴。

"巫马不是对你很好吗？"两只小蓝鸟呵呵笑着一唱一和。

孔澄终于破涕为笑，问："你们说真的？"

"蓝鸟不骗人的。来吧。"

两只比翼齐飞的小蓝鸟在半空回旋了几次，频频回过头来，像示意孔澄跟着它们。

孔澄深吸一口气，追逐着蓝鸟，终于跑出了那见鬼的迷宫。

在阳光灿烂的青草地上，一个身穿淡蓝裙子的女孩背影，悠悠地转过身来。

两只小鸟缓缓降落在女孩双肩上。

"啊，是蓝鸟。"莫皑盈伸出指头，一只小鸟轻盈地跃至她纤秀的指头上，"好漂亮。"

莫皑盈以柔和的表情，看着侧起头颅看着她的小鸟。

"幸福的蓝鸟。"莫皑盈微侧起脸，若有所思地说。

"嗯？"

"是象征幸福的蓝鸟。"莫皑盈以朦胧的表情说，"小鸟在你梦中以象征幸福的蓝鸟出现，因为你期望某人带给你幸福吧？"

"我……"

"那样的东西，是不存在的啊。"莫皑盈以哀愁的目光凝视着孔澄。

"莫皑盈，在你身上，到底发生了什么事？你为什么要自杀？你哥哥不是已经筹措了医药费送你去外国吗？与你有关联的人接二连三发生事故，你知道一切的谜底的，是吗？"

"孔澄，你叫孔澄是吧？"

孔澄点头。

"你听我说。一切已经无可挽回了。是的。一切都因我而起。"

莫皑盈像不胜悲伤地滑下了泪。

"因为……"

随着她的眼泪缓缓滑下，那张清丽的脸蛋，如画像的颜料般，一块一块剥落。

一瞬间，那宛如天使的姿容消失了，凝视着孔澄的，是一张五官扭曲，脸上结着触目惊心伤疤的恐怖面孔。

如恶魔般可怖的脸。

孔澄不由自主地用手捂住了嘴。

莫皑盈察觉到孔澄脸上的变化，呆呆地停住了说话，颤抖着手，用手掌抚摸着自己的脸。

"啊。"莫皑盈发出锥心之痛的哀号，"为什么、为什么会……连在这儿的我也……"

停在莫皑盈肩上那只小鸟霍地拍翼飞起，朝孔澄飞去。

小鸟的身躯不断膨胀，如张开翅膀的一只巨大怪兽，凶猛地扑向孔澄脸上。

孔澄吓得一个踉跄地往后跌到地上。

巨鸟咻一声在空气中消失。

一个面容苍老，穿着黑色大衣，像树枝般干瘦的男人站立在孔澄跟前，微垂下脸，用右手逗弄着停留在他左手上，恢复精灵可爱模样的小蓝鸟。

"这是巫马的小玩意吧？"男人有一把磁性低沉，像长期喝着伏特加般的嗓音。

小蓝鸟乖巧地伏在男人指头上。

"你把莫皑盈怎么了？"孔澄怯怯地问。

这个男人，就是梦魇的化身吧？

"你放心。她已经是鬼魂了。我不能拿她怎么样的。怎样，看见了那女孩毁容后的脸了吧？你也吓呆了。不是吗？"

孔澄苍白着脸，羞愧地垂下头。

"我……"孔澄无话可说。

是的。那一瞬间，她别过了脸。

"莫皑盈曾经是个很幸福的女孩，沉浸在幸福中的人，都会产生错觉，以为幸福是用不完的吧。"男人叹口气，"不过，只因为一次意外，她的未来便完全改写了。"

"她的哥哥不是已经替她筹措了去外国治疗的费用？现在医学昌明，她的美貌是可以还原的，她甚至可以变得更加漂亮啊。她为什么要……"

男人摇头说："已经太迟了。面孔可以还原，心可以还原吗？"

孔澄愣愣地瞪着男人忧郁的脸。

男人脸上布满岁月的风霜,像是一团被紧紧揉过的纸团般，爬满深刻的皱纹。

"她看见了。"

"看见了？"

"看见了她最爱的人，害怕她的目光。"

孔澄怔怔地无法言语。

"纵使失去漂亮的脸孔，她还是她。但是，她心爱的人，却再也看不见她了。你明白了吗？"

"她的男友抛弃了她？那个人到底是谁？"

男人摇头说："他没有抛弃她，但是，一个目光已经足够把她推向绝望的深渊。"

"只要她接受手术便好了，只要她接受手术，一切不是可以重新开始？"

"重新开始？"男人扬起眉，"好等她爱的人，再去爱上她的面孔吗？"

"这里面没有对与错。换上我是那个男人，我也会逃跑吧。换上是你，不也一样吗？你也有心爱的人吧？你可以承受那种折磨吗？每天看着你所爱的人如恶魔般的脸？"

"我……"孔澄无言以对。

"爱情从来不过是一场虚梦。爱，就是那样肤浅的东西。"

"那到底为了什么？李大为、莫知言、贺菊和蒋杰要和莫皑盈一起下地狱？皑盈的爱人到底是谁？"

男人缓缓地摇头说："这些谜底，是我要让巫马来解开的。"

"巫马？"

"回去告诉巫马，一切都是因为他才开始的。我在等他。"

孔澄一脸匪夷所思。

"这一切跟巫马有什么关系？"

"你是孔澄吧？巫马的得意弟子，那可是我的徒孙了。"男人发出响亮的笑声。

"告诉巫马，这一切都是因他才开始的。我在这里等他。"男人以干涩的声音重复说道。

孔澄呆呆地张着嘴。

"你是貘？你、你不是已经死去了吗？你与莫皑盈有什么关系？是你吃掉了那些人的梦？"

貘以浑浊的眼神凝视着孔澄。

"那可未必。被感情蒙蔽了眼睛的人，是看不见事情真相的。"

"嗯？"

"只有巫马，才拥有解开一切的钥匙。"

貘眼里闪过一抹高深莫测的光芒。

"小徒孙你听好，所有爱情，到最后都是一场虚梦。"

貘挥挥大衣衣袖，孔澄坐着的草地瞬间幻变成汪洋大海。

"我不懂游泳的。"孔澄呼喊着，但怒涛已淹没了她。

孔澄拼命挣扎着，但愈是挣扎，身体愈一个劲往下沉。

在蔚蓝的海洋中，从远而近传来高分贝的悦耳叫声。

海豚小智摆动着身体，以高速在海底潜泳，那张总像在笑的脸，转瞬间已凑近孔澄。

海豚小智笑着用嘴巴抬起孔澄的身体，把她抛往背上。

孔澄骑在小智身上，顷刻间浮回水面。

惊呆的孔澄还在不断喘着气。

"辛苦了。"小智不断上下摇摆着头颅，发出悦耳的叫声，"不用害怕，要回去喽。一切不过是一场梦。"

海豚小智活泼的声音，却重叠着貘沉厚的嗓音：

"所有爱情，到最后都是一场虚梦。"

Chapter 7 战书

"你说你看见貘？"

巫马仍坐在孔澄床畔那把椅子上，用双手疲乏地揉着脸。

"巫马，他说一切都是因你而开始的。他在等你。"

孔澄用双手抓着棉被，困惑地凝视着巫马。

"貘不是应该在十二年前死去了吗？"

巫马放开双手抬起脸，定定地凝视着虚空的一点。

"是他吃掉了那些人的梦吗？为什么？"孔澄怯怯地问，"你真的要去见他？"

巫马拍拍膝盖站起来。

"孔小澄，今晚不可以再睡了，快起来。"

巫马头也不回地走出了睡房。

孔澄满腹疑惑地从床上起来，跟随巫马走出客厅。

巫马站在开放式厨房，把水壶放到煤气炉上。

"你干吗？"

"给你做一壶又浓又黑的苦咖啡。"

"嗯？"

巫马打开煤气炉后，走到另一边旋开咖啡壶，把咖啡粉舀进漏斗形的滤纸内。

"孔澄，你听好，今天晚上，你无论如何不可再睡觉。"

孔澄迷惘地靠在冰箱门前，看着巫马利落地煮着咖啡。

十分钟后，小小的客厅已飘满咖啡的香气。

"你在这里坐好。"巫马指示着孔澄坐进客厅的吊椅中，"你有很多漫画、光碟、杂志未看的吧。做什么也好，今晚不要再睡觉就是了。"

"为什么？"

"我要去见貘。"巫马沉吟道，"我会小心，他不会伤害到我的。但是，貘看着你的眼睛，跟你谈起过梦的话题了吧？"

孔澄呆呆地点头。

"他已经向你种下了暗示。他有能力吃掉你的梦境了。"

"欸？"孔澄一脸匪夷所思，"他为什么要那样做？"

"我不知道，但我去与他对峙的话，他手上已先握有了你这个人质。"

"我不觉得貘是坏人哦。失踪了十二年的他，为什么会卷进这次事件？"

巫马也是一脸困惑。

"总之，你不要睡，好好等我回来就是了。"

"你要做什么？"

"听过'魂离体外'的做梦体验吗？"

"魂离体外？"

"我不会被貘拉进他制造的梦境。他用我意想不到的方式回来了，作为他的徒弟，我也不可辜负他的期望。我会用他意想不到的方式去见他。"

巫马闪动着眼眸说道。

貘在床上，像突然意识到什么般惊醒过来。

睁开眼睛，自己睡在旅馆房间里。

貘吁一口气。

看看床头的液晶时钟。

凌晨三点十五分。

貘以干瘦如柴的手揉了揉眼睛。

每次从梦中醒来，貘都会意识到自己离长眠不起的日子已经不远了。

今年只有五十一岁，但感觉已像七十多岁的老人。

生命的能量，正一点一滴消耗殆尽。

特别是最近一年来，已经是五十岁的人了，还重出江湖，仅余的生命能量，更加速燃烧净尽。

对于死亡，貘早已有所觉悟。

但是，在那之前，还有一件事情要完成。

貘想从床上起来去喝杯水，却发现身体软瘫在床上，动弹不得。

貘心里悚然一惊。

啊。

貘眯起视力已不断衰退的眼睛，在漆黑的房间中搜索着。

一个男人的背影，站在靠窗的位置。

如黑暗的幽灵般背对着他。

果然是这样。

貘在心里叹一口气，嘴角挂起一抹苦笑。

被逮到了。

自己果然教出了青出于蓝的徒弟。

"那是我教你的'魂离体外'，你竟然用在师傅身上。"

貘放弃了挣扎，软瘫在床上。

"师傅，好久不见。"巫马的背影静静说。

貘心里涌起莫名的激动。

十二年前分别时，巫马还是个二十岁的青年。

如今已经长得高大挺拔了。

貘想再次看看巫马那张年少轻狂的脸，但是今日的巫马，已经是一个成熟世故的男人了吧？

貘想起十六年前，自己偶然发现了巫马的潜能。

那时候，巫马还是个十六岁的中学生。

貘每天锲而不舍地等在巫马放学的路上，想培养他成为自己的接班人。

"这个神经病男人，真难缠。"

貘清晰地听到巫马每次看见他走近时脑海里的声音。

然后，貘放弃了强迫巫马相信什么与生俱来的灵异力量的事情，以教他拳击为饵去接近他。

两个人有过像父子般亲密的感情。

在貘的引导下，巫马逐渐发现了自己的力量，然后，他成为比貘更高明的冥感者。

巫马听到他在美国飞机失事身故的消息，一定曾经偷偷哭泣过吧？

就是那样一个外冷内热的孩子。

"我从来没有怀疑过师傅的死亡是谎言。每年八月，我还会飞去美国，到你墓前献花。我这个人，是不是太愚蠢了？"

貘眨着干涩的眼睛。

"'魂离体外'的梦境很好玩吧？你在床上，看见自己的灵体脱离肉身，可以随心所欲地飘出窗外，在夜空中飞翔，飞往你想见的人家中。以前我教你的时候，你常常兴奋地嚷着觉得自己好像超人。"

巫马像想起怀念的过去般发出低低的感叹声。

"这是我的梦境。所以师傅是被动的。原谅我的无礼。"巫马说。

"你还记得我教的事情，我应该老怀安慰才是吧。"

"当年在美国，发生了什么事？"

"正如你当初吵着不让我离开，我做了错误的决定吧？间谍不是什么伟大的工作，不过是小偷，而且是冷酷的政治斗争棋子。我在一次行动中失败了，组织对我弃如敝履，敌对的政府也锲而不舍地追捕我。所以，我唯有在这世界上消失。"

"那过去十二年，你过得好吗？"巫马有点伤感地问。

"只能活在黑暗中的人，会有多好？"貘苦笑着。

"已经隐藏了过去的人生那么久，为什么还要回来？"

貘沉默了好久。

巫马有点忍不住想回过头去。

他也很想看看久违了的师傅。

但是，他知道，这是一场男人间的战争。

虽然，他还未明白貘为什么要那样做。

"因为我觉悟到我剩下的时日已经不多了。"貘苦涩地说。

"有人聘请你出山，吃掉那些人的梦境？"

"你都猜到了。"

"你为什么要答应？"

"不是为了金钱。这是我，最后的游戏。"

"游戏？"

"我也曾经是道上最厉害的冥感者啊。我不想就那样无声无息地死去。我想用我的能力，成就最后一件美事。原以为可以流芳百世，令你也为我这师傅骄傲的。只是，人算不如天算。"貘发出叹息。

"你吃掉了那些人的梦，然后，你又在蒋杰跳楼身亡后在他身上放了假的遗书。那遗书，是你写的吧？我现在终于明白了，你从以前就知道我总是把'梦'字写错，你知道我会发现那遗书是伪造的吧。"

巫马困惑地顿了顿。

"但是，我不明白，你那样做，不是贼喊捉贼？"

"那是我跟你下的战书。"

"战书？"

"我毁掉了那些人的人生。如果要被谁捉拿的话，我希望是你。你没有令我失望，你调教出来的徒弟，那个孔澄，也相当青出于蓝呢。"

"到底为什么要吃掉那些人的梦？"

"巫马，一切都是因你而起的。"

巫马全身一震，终于忘形地转过身来。

貘与巫马的眼神相接，在那垂死老人的眼里，巫马只看见一抹无尽的空虚。

"游戏，现在才正式开始。"貘看着巫马的眼睛，以柔和沉厚的声音说。

孔澄喝了六杯咖啡，其间不断上盥洗室，每次她都偷偷把头探进睡房里，睡在床上的巫马，好像已潜进了某个神秘的梦境中。

与貘在好好谈话了吧？

貘那空虚的眼眸，再次在孔澄眼前晃荡着。

"所有爱情，到最后都是一场虚梦。"

那句话，到底是什么意思？

孔澄坐回吊椅里，翻着手上的杂志。

在睡房里的巫马，微微打着鼾。

睡意是会传染的哦。自己睡得那么香，却强迫别人不准睡觉。

孔澄刚才在梦境中走了几日几夜的路，那种全身虚脱的疲劳感，好像仍背在背上，从梦境中拖曳回到了现实。

孔澄打了数不清第几个大呵欠。

在孔澄还没意识到之际，杂志轻轻从她手上掉落，孔澄垂着脸，坐在吊椅里，打起瞌睡来。

孔澄和巫马一起睡在床上。

"又要玩同梦游戏吗？"孔澄问。

"不想玩吗？"

"上次那梦魇，每次想起来，我还是会全身发抖。因为巫马以很可怕的表情看着我哦，好像是我把你从云霄飞车推下去似的。"孔澄瞪着天花板说。

这样回想起来，在两人一起坐在云霄飞车里大声呐喊着，巫马从车厢里飞脱出来以前，梦境中好像有一瞬间的空白。

孔澄甩甩头。

怎么可能？

自己怎会把巫马推出云霄飞车？

即使是梦境，那也是不可能的。

"喂，巫马，你喜欢哪种类型的女孩？"孔澄不知为什么，自己竟能鼓起勇气，像不经意地问。

"欸？"

"像是长头发呀还是短头发，鹅蛋脸还是杏形脸，高还是矮，后脖要特别性感，还是肚脐要特别漂亮之类？"

"那……最好像《新世纪福音战士》中的葛城美里中尉那样吧。"

"嗯？"

"上围三十八、腰肢十九、下围三十六、腿长四十，穿起背心令我双眼金星直冒，鼻孔淌血那种。"

"巫马聪。"

"是你要问的呀，我不是诚实地回答了？"

"好讨厌。"

巫马呵呵笑。

"喂，巫马，想接吻吗？"

"欸？"

"这样的夜晚，和女孩子一起躺在床上，即使不是葛城美里中尉，接接吻也不坏啦。专家说，每天接吻会延长寿命的，可以替巫马补回失去的能量。而且，我睡前吃过珍宝珠，口腔里有橘子味，要不要尝尝？"

"孔小澄邀请我接吻吗？"

"我无所谓，不过忽然想到，接接吻也不坏罢了。"

"那就来好好地接吻吧。"

巫马竟然干脆地答应了。

原以为他会顾左右而言他的，换上孔澄不知所措起来。

"我接吻的伎俩很高超，是让人一吻难忘的体验。吻过我的女孩，都不愿吻别的男人了。"巫马厚脸皮地说。

"臭美。"孔澄调过脸去。

两人四目交投。

"喂，不要干瞪着我吧。"巫马说。

"噢。"孔澄闭上眼睛。

"要吻喽。"

孔澄感到巫马的唇软软地贴在自己唇上。

巫马的臂弯环着孔澄的身体。

然而，他的臂弯扼得孔澄好疼痛。

孔澄皱皱眉，痛得呼叫出来睁开眼睛。

巫马已拉开了身体，以漠然的目光注视着她。

孔澄只感到全身疼痛。她疑惑地垂下脸，惊愕地发现自己裸着身体，全身的血管变成黑色的蛇，在皮肤下蠕动着。

"啊。"孔澄惊呼。

黑色的毒蛇在她体内盘缠着，蛇的头颅向着她的心脏窜爬。

孔澄感到心脏绞痛。

巫马仍是一脸漠然地看着她。

啊。孔澄在吊椅里蓦地惊醒，全身冒着冷汗。

孔澄审视着自己的身体。

什么事也没有。

自己好端端地坐在舒适的吊椅里。

窗外的天色已微亮，晨光在客厅内游走着。

孔澄深呼吸一口气，踮起脚尖走至睡房前，把头探进睡房里。

巫马仍然沉沉睡着。

巫马还是没有醒来的迹象。

到底打算睡多久呢？孔澄纳闷地想，蹑手蹑脚地走进睡房，拿起巫马换下的毛衣和牛仔裤，从裤袋里找寻着那张餐厅收据。

如果貘是吃掉梦境的人，那就是这收据中的第五个人吧？

或许喜欢喝黑色俄罗斯的是貘，巫马不过感染了师傅对鸡尾酒的喜好？

孔澄打开素描画簿，在脑海里搜索着梦境中的印象，素描出貘的轮廓。

贴着额际的短发感觉有点油腻，像皱纸团般布满皱纹的脸，细长而流露着空虚眼神的眼睛，用力紧抿着而予人顽固印象的嘴唇。

孔澄满意地举起画簿仔细再看了看，轻手轻脚地拾起背包出门去。

孔澄决定利用这段时间，到餐厅去走一趟。

早餐时间，餐厅虽然已开门营业，但客人寥寥可数。

服务生们只忙着擦拭玻璃和在餐厅墙壁上的黑板，用粉笔写下当天午餐的特别厨师推介。

孔澄昨晚喝了太多咖啡，喉干舌燥，点了鲜榨甘笋苹果汁大口喝着。

"每天的客人那么多。我们怎么可能记得这些客人是否来过？"

餐厅经理看了孔澄的名片，在她对面拉开椅子坐下，抱着胳臂说。

孔澄在餐桌上摊放了莫知言、贺菊、蒋杰、李大为的照片和貘的素描。

"这是很重要的事情，请你帮帮忙。可以请其他服务生和职员过来看看吗？说不定有人会记起什么？"

经理耸耸肩，还是召集了员工过来。

员工们好奇地看着照片，交头接耳地讨论。

"这些人犯了什么罪吗？"

"是什么类型的案件？"

"有人被杀了吗？"

"你那么年轻，是警探？"

只换来了一大堆好奇的问题。

孔澄泄气地垂下胳膊。这根本是大海捞针。

孔澄跟经理和员工道过谢，付了果汁的钱，甩起背包抱着画簿走向大门。

员工们见没有什么精彩戏码上演，一脸扫兴地各自回到工作岗位。

经过餐厅接待柜台时，孔澄甩在肩上的背包扫到了柜台上堆叠着的餐牌，餐牌散了一地。

"噢，对不起，对不起。"孔澄手忙脚乱地蹲下来收拾着餐牌。

接待处的女生蹲下来帮忙收拾。

"可不可以让我看看？"

五官轮廓分明，很有明星相，操着美国口音广东话的女生问。

"欸？"孔澄的视线跟随女生带笑意的眼眸，看向自己匆忙蹲下时掉在地上的素描簿。

翻开了的素描簿，露出了一张巫马的素描。

"噢。"孔澄感到脸孔热乎乎。

那是自己闷极无聊时绘画的。

"我好像认识这个人。"女生拾起画簿，好奇地眨着眼眸。

"你认识巫马？"孔澄讷讷地问。

女生摆摆手，微微羞红了脸，说："我不知道他的名字。不过，他以前常来的，很喜欢逗我们说话，很风趣友善的人哪。不过，最近都不怎么来了。"

女生扬起脸，呼唤着吧台后的女调酒师。

"Crystal，这不是你很挂念的那个客人吗？"

女生扮个鬼脸，把素描簿朝向酒吧后的美女调酒师，眨着眼睛调皮地说：

"要不要问问电话号码哦？"

孔澄心里气炸了。

讨厌的巫马，只会随处逗女孩开心。那个嬉皮笑脸的男人，真不知这些女子觉得他有什么魅力，会对他念念不忘。

"哦，是黑色俄罗斯先生。"美女调酒师微笑地看着素描画，"不要乱说啦。说不定这位是他的女朋友。"

美国口音小姐吐吐舌头瞄瞄孔澄。

"呀，对不起，失礼了。我们都不知道他的名字，所以背后唤他黑色俄罗斯先生啦。因为他总是点那款酒喝。"

两个女子相看一眼，咯咯笑起来。

"这个人不是我男朋友哦。要的话，可以给你们他的手机号码。"

　　孔澄郁闷地看看美国口音小姐和美女调酒师，两个女生都有点像葛城美里中尉。

　　"啊。"美女调酒师忽然用手指点着形状性感的嘴唇，"我想起来了。这位先生好像跟你刚才照片中的女孩来过。"

　　"欸？"孔澄呆住了。

　　贺菊？

　　巫马跟贺菊来过这儿？

　　孔澄重新把所有照片放在美国口音小姐和美女调酒师面前。

　　"说实在，我也不太肯定。其他这几个男人的面孔，真的没有印象。不过这女生好像见过吧？"美女调酒师扬起形状姣好的眉毛偏着头。

169

　　"就是那个你猜度是不是黑色俄罗斯……不，巫马先生女友的女子？"美国口音小姐也认真地看着照片，侧着头思索起来。

　　"这样说起来，好像的确见过这个女生。"

　　美女调酒师有点不好意思地瞄瞄孔澄。

　　"黑色俄……巫马先生总是独个儿来，坐在吧台，点黑色俄罗斯喝的，算是这儿的熟客。不过，有一次，他曾经带着一伙人一起来。我对其他人没什么印象，不过，其中有个艳丽的女孩，感觉跟这照片里的人很像。"

　　孔澄垂下脸再次看向贺菊的照片。

　　一头波浪型鬈发、闪亮的明眸、富肉感的鼻头、性感的厚唇。

这样仔细看的话，贺菊也有点像葛城美里中尉。

"愈看愈像哦。好像的确是跟黑色俄罗斯先生一起来过的女生。"

美国口音小姐和美女调酒师，不约而同以认真的眼神点头。

怎么会？

巫马怎会认识贺菊？

巫马才是餐厅收据上的第五个神秘人吗？

与四人私下见面，向各人种下暗示，吃梦的人，是巫马？

孔澄心慌意乱。

手机响起来，孔澄吓了一跳似的从牛仔裤里掏出电话。

"孔澄，我是康敏行。"

"嗯。"孔澄心不在焉地漫应着。

"你赶快到精神病院来。"

"嗄？"

"贺菊出事了。今天早上，有人潜进她的病房，试图谋杀她。"

"你说什么？"

"总之，赶快来吧。"

孔澄失神地合上手机。

手里的素描簿再次跌落地上。

素描纸上，莫皑盈那双像会说话的眼眸，欲言又止地，幽幽看向她。

"怎么回事？"

孔澄与康敏行一同站在邻房的观察玻璃后，看着被注射了镇静剂而沉睡着的贺菊。

"今天大清早，负责清洁打扫的大婶瞥见房间里有男人的身影，觉得有点奇怪，就推开门朝里面招呼一声。那人像被吓了一跳般回过身来，突然就推开窗户跳了出去。大婶急忙跑进房里，看见贺菊的脸被枕头蒙着，被吓个半死，过了半晌才懂得呼救。"

"贺菊有没有生命危险？"

"只是短暂休克。幸好大婶及时发现，救了她一命。"

"她已经恢复神智了吗？"

康敏行摇头，说："自杀以后，她神志一直是迷迷糊糊的，有时兴奋地大叫大嚷，有时对人破口大骂，有时又一个人在哭或自言自语，一点起色也没有。"

"那为什么有人要杀她灭口？"

康敏行也一脸匪夷所思的表情，说："不过，也可能她是那四个人之中，唯一还有可能开口说什么的人。那个吃梦的人不放心，还是想杀她灭口吧？"

"大婶有没有看见那人的脸？"

"她说当时那男人只回过头来一瞬，房间的光线很暗，大婶也是受惊过度，她说印象中，就是个普普通通的男人。"

"有可能是看来六七十岁的老人吗？"孔澄想起了貘。

"不会。大婶说是个印象普通的男人。"

孔澄觉得心里像被沉下了铅块。

"真头痛。与这案件有关联的男人的不在场证明，我都一一确认过了。齐学谦教授和齐学礼今早参加一个心理学座谈会，齐教授是主讲嘉宾之一，七点三十分已经抵达会场彩排。他和儿子，都有完美的不在场证明。我也跟医院确认过了，莫知言没有奇迹地从昏迷中苏醒，当然不可能来这里谋杀贺菊。"

康敏行愁眉深锁。

"如果有人试图谋杀贺菊的话，那就是说，那四桩事故，不是意外的巧合了。为什么会这样呢？"

康敏行蹙着英气的眉直摇头。

孔澄默然无语。

"咦，巫马到哪儿了？我打他的手机却接驳到留言信箱去了。你们不是在一起的吗？"

"啊。"孔澄掩饰地垂下眼帘，"今天早上我约了朋友吃早餐。巫马还在睡觉吧。他这个大懒人。"

"这个时候还睡觉吗？巫马可真悠然。"

康敏行一脸气急败坏。

"再不抓出真凶来，巫马便大祸临头了。"

康敏行撂撂盖着左眼的头发。

"大婶看见那男人时，是什么时间？"孔澄垂下眼帘，小声地问。

"七点二十分。"康敏行翻着记事本。

七点二十分。

孔澄是在七点离开家门的。

如果坐出租车的话，从孔澄家里到精神病院来，有足够的时间。

"孔澄，你发什么愣？"

孔澄一脸茫然地凝看着贺菊憔悴的睡容。

"孔澄，真凶好像已经捺不住性子发动攻势了。你和巫马也要小心一点。"

康敏行边嚼着口香糖，边操控着银色保时捷的方向盘。

"喂，不是巫马欺负你吧？"

康敏行转过脸瞄了一眼脸色苍白的孔澄，拍了拍她的肩头。

"没有。"

孔澄把身体沉进低矮的座椅中。

真想被这座椅吸进去，就这样从这世界上消失。

"如果巫马欺负你的话，我借我的肩头让你哭哭吧。"

孔澄眨着眼睛，强忍着想夺眶而出的泪水，看着康敏行帅气的侧脸。

如果自己喜欢的是康敏行就好。

为什么要喜欢上巫马那么复杂的人？

"其实，我根本不了解巫马。我们不过相遇了短短一年，我对他的过去一无所知。"孔澄想起了自己曾经跟康怀华说过的话。

"巫马是个三十二岁的男人，又不是和尚，当然抱过各式各样的女人，喜欢过别人，也被人拒绝过。"康怀华说。

"真相，挖掘到最后，永远是痛心的。"
"最亲密的朋友，会不会是你的敌人？"
康敏行的话，在孔澄耳畔回荡着。

"被感情蒙蔽了眼睛的人，是看不见事情真相的。"
貘的话，也像尖锐的刀锋刺痛着孔澄的心窝。

"啊，对了，把手探到后车厢，把那牛皮纸袋拿好。"
康敏行的声音，把孔澄从失神中拉回现实。
"欸？"
"后面那个牛皮纸袋。"
孔澄转过身去，拉长手臂，在后车厢的座位拿起一个牛皮纸袋。
感觉沉甸甸的。
"这是什么？"
康敏行看了看孔澄。
"拿回去给巫马吧。真凶试图伤害贺菊，或许也会对我们不利。里面有两把枪，给你和巫马防身。"
孔澄像看见鬼魅般瞪着那纸袋。
"孔澄不懂得开枪是吗？"

孔澄一个劲摇头，以恐怖的眼神瞪着那平平无奇的纸袋。

"这是最新型的枪支，不需要解开保险锁，有危险时，你集中精神瞄准，大力扣动扳机就是了。"

"我不会对谁开枪。这么恐怖。"孔澄猛摇头。

"有人想杀你时，你就不会那样想了。"康敏行苦笑着摇摇头。

"当然，你可不要乱扣扳机哦。你发射一颗子弹，我也要写长篇大论的报告。不要让我的黑眼圈更像熊猫眼了。"康敏行笑着拍拍孔澄肩膀。

孔澄用手抚摸着牛皮纸袋。

可以触摸到枪支的轮廓。

175

孔澄可以感应到，那枪支，就如拥有生命的生物般，在那黑暗的纸袋里蠢蠢欲动。

孔澄结实地打了个寒噤。

孔澄回到家中，巫马正在厨房忙碌地煎汉堡排。

"噢，你回来了。一大清早你去哪里了？"

巫马回过头来看了孔澄一眼，又回过脸去煎汉堡。

小小的屋里飘散着洋葱和香料的浓郁味道。

"想吃特厚起司汉堡三明治吗？这是我的独门秘技，没人做汉堡做得有我的那么可口喔。"巫马得意洋洋地说。

放在烤吐司机里的厚面包叮一声弹跳起来。

孔澄吓得一屁股跌坐在沙发上。

"喂，过来帮忙，倒倒橘子汁什么的吧。"

孔澄把手里的牛皮纸袋慌忙地塞进了沙发扶手的缝隙内。

自己为什么要那样做呢？

康敏行不是说枪支是要交给巫马的吗？

自己是在害怕巫马会用枪口指着她吗？

昨夜的梦境，再次清晰地浮现孔澄脑海里。

巫马的吻。盘缠在她身体的毒蛇。唷向她心脏的毒蛇。

是巫马说过的吧？梦，隐藏着未来的预言。

巫马一直知道自己心里喜欢他的吧？

利用她的弱点，用感情蒙蔽了她的眼睛，利用她，作为他的共犯。

组织在怀疑他，但是，康敏行和孔澄都相信他。

只要巫马一直牵着她团团转，去寻找那个根本没法找到的凶手，事情最后便会变成一桩永远解不开的谜。

这事件中，只有一个人，有能力完成一切。

梦析研究会的时候，巫马仍是组织的人，他可以暗中把他锁定的四个人，放进随机抽样调查的录取名单中。

他可以观摩那些集会，而不会受到怀疑。

他可以在集会完毕后，自然地约那些人去喝一杯。

他可以种下暗示，吃掉他们的梦境。

吃梦，才是他最终的目的。

那四个人先后遭遇的事故，是意料不及的副作用。

他的目的，只是要吃掉那些人的梦境。

巫马不是心理学家，或许，他也不相信单是被吃掉梦境，那些人就会因长期心情焦躁紧张、情绪低落、意志消沉，触动他们各自内心的伤疤，引发他们脆弱心灵的炸弹，走上自杀或意外之途吧？

吃梦才是目的。

几桩自杀和意外事件，都是失控的副作用。

巫马为什么要吃掉那些人的梦境，只有一个原因。

孔澄终于明白了。

为什么自己一直没有发现呢？

莫皑盈那如小鹿般温柔的眼眸，那悲伤的哭音，再次在她脑海里回旋。

"你与貘在梦中见面了吗？"孔澄吸一口气，看着巫马的背影问。

"那不是师傅，不过是梦魇以师傅的化身出现，想蒙骗我们，混淆我们的视线。我们被欺骗了。"

巫马轻松地摇摇平底锅，把汉堡抛至半空中翻转，嘴里哼着歌。

汉堡在热油中发出嗞嗞的声音。

孔澄的心不断往下沉。

"巫马，贺菊今早差点被人谋杀了。"

"嘎？"巫马愕然地转过脸来。

"巫马，你有什么要告诉我？"

孔澄惘然地看进巫马那深邃的眼眸里。

"嗄？"

"把所有嫌疑人物用消去法逐个剔除的话，今天早上七点二十分，只有一个人有可能去行凶。"

巫马回过头去，关掉了煤气炉，双手搭在炉头边缘，片刻没有言语。

"喂，孔小澄，把碟子拿出来吧。你到底要不要吃我独家的汉堡三明治？"

巫马回过头来，朝孔澄眨眨眼睛。

"巫马。"

巫马打开冰箱，从冰箱里掏出装着橘子汁的玻璃瓶。

"你的杯子放哪里了？"

巫马打开头顶的橱柜摸索着。

孔澄苍白着脸，看着巫马忙碌的背影，抖振着手把牛皮纸袋从沙发的缝隙间掏出来。

孔澄咬着颤动的唇，抱着牛皮纸袋，一步一步走近流理台，把纸袋放在流理台上，解开封线，把袋口旋转一百八十度朝向巫马。

"这是康敏行给你的。是枪。"

巫马的肩膀动了动，慢慢地放下手上的玻璃瓶。

橱柜门随窗外吹进来的风摇摆着。

巫马缓缓转过身来。

两人的视线交接，不约而同地别开视线，盯视着那牛皮纸袋。

"啊，小康真细心。"

巫马把手探进牛皮纸袋里，掏出了一把枪，像开玩笑般把枪口朝向孔澄。

"啊，是最新型的枪支，真帅。"

巫马眯起眼睛，从瞄准镜中，可以看见孔澄苍白的脸。

巫马把牛皮纸袋旋转一百八十度返回孔澄面前。

"我不玩不公平的游戏。孔小澄，拿起你的枪。"

孔澄噙着泪水猛摇头。

"为什么你就不可以别过脸装作看不见？"巫马沉沉地叹口气。

孔澄一个劲摇头，泪水滑下脸庞。

179

"我想知道，巫马会扣动扳机，还是放过我。如果巫马愿意带着我的话，我们可以一起逃走。"

孔澄并不想捉拿巫马。

这个，才是她最想知道的答案。

自己真是无可救药。

"既然你都明白了，你应该知道，我心里有着别人吧？"

巫马闪动着眼眸，静静地看着孔澄。

"你是为了莫皑盈才吃掉那些人的梦境的？"孔澄一脸绝望。

自己一直以为巫马心里只有姜望月，但是，康怀华说得对，巫马是个三十二岁的男人，不是和尚，自然会爱过各式各样的女人。

"孔小澄，拿起你的枪。"

"我不要。"

"拿起来。你不明白吗？我从来没有喜欢过你，你不用为我送掉性命。我们来个公平的了结，看看谁会留下来。拿起枪来。我还是个男子汉，不会袭击一个手无寸铁的女人。"

孔澄的眼光，一瞬间闪过一丝困惑。

"拿起来。"

孔澄颤抖着手，把手探进牛皮纸袋里，掏出另一把枪。

像二十七年走过的人生般沉重的枪支。

"巫马，不要逼我。"

孔澄用双手举起枪，把眼睛探向瞄准镜。

黑洞似的枪口包裹着巫马的身影。

那似熟悉又陌生的身影。

"巫马，不要逼我。"

"已经太迟了。对不起。"

泪水簌簌地滑落孔澄的脸庞。

"想不到会变成这样。"巫马说。

"巫马。"

"孔小澄，对不起。"

两人一起把指头移向扳机。

Chapter 8　梦的预言

孔澄茫然地看着自己紧握着枪支的手。

孔澄睁大眼睛，忘情地嚷："这是梦境。巫马，这是梦境啊。"

如释重负的泪水如决堤般滑下。

"这是梦境。我一直没有醒过来。毒蛇，餐厅的两个女生，精神病院，康敏行的车厢……全都是梦。我还没有醒来，这只是梦啊。"

梦之国中的孔澄，缓缓垂下手。

现实中的孔澄，仍然穿着睡衣裤，软垂的手里拿着手枪，茫然没有焦点的瞳孔里，透着呆滞的光芒。

从刚才开始，在晨曦中猛然从床上醒转，巫马发现自己正像孩童般用两手扮着手枪指向孔澄，而孔澄却用货真价实的手枪瞄准自己。

"这是梦境。巫马，这是梦境啊。"孔澄一脸迷糊地呢喃着。

巫马终于吁了一口大气。

"孔小澄，孔小澄，你醒醒。"

孔澄还是目光呆滞。

"孔小澄，你在梦游，快醒来。"

孔澄涣散的目光渐渐恢复焦点，她拼命眨着眼睛，看着一脸焦虑的巫马，意识一点一滴聚焦，回到现实世界中。

"啊，巫马。"孔澄喜极而泣地嚷。

"你还是睡着了。"

巫马还在喘着大气，拍拍孔澄的额头。

孔澄看看自己身上的睡衣。

不，不是正式的睡衣。因为巫马在家里，所以孔澄穿着体面的毛线衣和棉裤。

总而言之，自己还是穿着睡觉的装束。

孔澄张开嘴。

啊，还以为在做完毒蛇的梦之后就醒过来了，原来还身在梦中。

自以为是地跑去美式餐厅、精神病院扮起侦探来，康敏行把手枪交给她，回家里和巫马的对峙，都是梦中的体验。

那梦中的一切触感，却是如此真实。

孔澄呆呆地抱着头蹲下来。

"喂，先把枪放下啦。"

巫马心惊肉跳地从孔澄手中拔走手枪。

啊。

对了，自己明明是在做梦，手里怎会拿着真的手枪？

"这把枪？"孔澄茫然地嚅动着嘴唇。

"貘一定来过这间公寓，在沙发里埋下了枪。梦游中的你，坐进沙发里，找到了真正的枪支。貘巧妙地让你的梦与现实联结起来了。"

"但是，他怎可能算计得那么准确？他怎么可能知道我会做杀你的梦？"

巫马摇摇头，说："我不是一次又一次叮嘱你不可以打瞌睡？师傅没有吃掉你的梦，他用了'锁梦'的念力，把我们一起拉进他制造的梦境中。"

"幸好你没有真的扣扳机。"

巫马一脸犹有余悸的表情。

"虽然说牡丹花下死，做鬼也风流。不过，孔小澄既不是牡丹，我也不想做鬼耶。"

这个男人，怎么这个时候还有心情开玩笑？

巫马像忽然想起来似的，以微妙的表情看着孔澄。

"既然是由貘制造的锁梦，他一定也有能力解除我们种下的暗示。我在梦中，多次看见自己的手，也没法意识到是身在梦中，孔小澄你怎么做得到？你怎会发现那是梦？"

孔澄微微蹙着眉。

"在梦中，你说你不会去袭击手无寸铁的女人时，我就有一瞬间的疑惑了。因为，如果你是凶手的话，你才刚刚去试图用枕头令贺菊窒息而死啊。不过，那只是让我有点疑惑罢了，并没有解除梦的咒语。真正让我醒来的是枪。"

"枪？"巫马一脸摸不着头脑的表情。

孔澄有点不好意思地垂下脸。

"我在苏格兰回港的班机上，做了个可怕的梦，梦见我们两人用枪口指着对方。这一连串有关梦的事件发生后，我就更惴惴不安了。所以，巫马你教了我种下暗示唤醒自己梦中的意识时，我把暗示加上了双重保险。"

"双重保险？"

"就是如果看见自己用枪管指着你，就会告诉自己是在做梦。因为，我相信，在现实中，无论怎样，我也不会用枪管指着巫马的。"

"啊。"巫马有点不好意思地搔起头来，"承蒙错爱了。你那么信任我吗？"

孔澄微微红了脸。

那不是信任与否的问题。

那是爱与不爱的问题。

"对了，"巫马抱起胳臂，"在梦中，孔小澄好像发现了我是大魔头，也打算跟我一起逃跑。那是你的真心吗？"

巫马一脸得意。

"你就是在做梦哦。谁会跟你逃跑？发你的春秋大梦。"

孔澄啐巫马。

"还有，不要尽是责骂我打瞌睡，巫马一定是在梦中与貘四目相接了，不然，他不能锁掉你的梦境，也不会解开了你有关手的暗示，是吗？巫马聪也遭遇滑铁卢了。"

孔澄想起来，反咬巫马一口。

巫马一脸尴尬地搔着头。

"他可是我师傅。徒弟输给师傅，天经地义。"

"你还在强撑。"

"但是，我不明白，在梦中，貘说，一切不过是个游戏，好像还为卷入这事件深深后悔着。到头来，为什么师傅却要杀死我？"

巫马以有点感伤的表情看着手中的枪支,打开枪支的膛口。

两人不约而同地"啊"了一声。

枪支内的膛口是空空的。

根本就没有放上子弹。

"这到底是怎么回事？"孔澄喃喃念着。

巫马皱着眉。

"我讨厌吃梦，但是，这次没法逃避吧。是解开一切谜底的时候了。"

巫马和孔澄四目交接。

虽然是个可怕的梦境。

但是，刚才梦境里发生的一切，却给予了他们解开整个事件谜底的启示。

是的，所有线索都已经齐全了。

这是貘透过梦境，送给他们的礼物吗？

貘为什么要这样做？

是的。这事件中，还有一个人，有能力完成一切。

梦析研究会的时候，他可以暗中把他锁定的四个人，放进随机抽样调查的录取名单中。

他可以观摩那些集会，而不会受到怀疑。

他可以在集会完毕后，自然地约那些人去喝一杯。

他认识貘的能力。

他拥有财力，可以找到失踪十二年的貘。

但是，到底为什么？

"我们要吃掉康敏行的梦境寻找真相，是吗？"孔澄抬起眼睛静静地问。

Chapter 9　爱情的残像

"但是，我们没有向康敏行种下过暗示，可以吃掉他的梦境吗？"

孔澄正襟危坐地盘着腿坐在床上。

"眼神的接触和梦的话题，对康敏行种下吃梦的暗示，都已无意中落在我们手里了。孔澄，你听好，接下来，我会教你吃梦的方法。但是，我希望你答应我，学懂以后，不会随便使用这能力。你已经目睹过吃梦所带来的可怕后果吧？"

和孔澄相对而坐的巫马也一脸严肃。

孔澄认真地点头。

"但是，康敏行不会有事吗？"

"我们只是吃掉他一晚的梦境看看真相，不是每晚持续去吃他的梦。他不会有事的。准备好了？"

孔澄深吸一口气大力点头。

"现在，集中念力，想象你在一间黑暗的房间里。你坐在椅子上，在你对面，放着另一张空椅子。"

孔澄摒除一切杂念，跟随巫马的指示，在心里创造那景象。

"我看见了。"孔澄吐一口气，静静地说。

"现在，呼唤康敏行走进房间里，坐在那张空椅子。"

孔澄集中念力，呼唤着康敏行。

一身黑皮衣的康敏行缓缓走进房间里，坐在空椅子。

在心里，孔澄可以看见康敏行像平常那样，习惯性撩撩盖着左眼的黑发，眼底下浮现着深深的黑眼圈，一脸疲惫地看向她。

"现在，你垂下头，看见你椅子的脚边，有一个棒球吗？"

孔澄垂下头来，果然看见一个棒球在椅子脚边滚动。

"拾起棒球，投向康敏行，用你的念力，要求他与你合作，好好接着你投过去的棒球。"

孔澄拾起棒球投向康敏行。

但康敏行静静地坐在椅子上看着她，根本没有伸出手来。

"不行。"孔澄喃喃念着。

"再来一次。"巫马以严峻的语气说。

孔澄垂下眼睛，发现脚边又出现了另一个棒球。

"继续尝试，命令康敏行抬起眼睛，你要与他作眼神接触，指示他好好接着你投过去的球。不要放弃，继续尝试，加强念力。"

孔澄抬起眼睛来，定定地锁着康敏行的视线。

孔澄轻轻地以抛物线投掷出棒球。

这次，康敏行伸出手来了，但是没能把球接住。

"再试。"

孔澄再锁住视线，把球投向康敏行。

这一次，康敏行终于利落地把球接住了。

"成功了。"

"呼唤康敏行把球投回给你，两个人，好好重复这个动作，直至你们能顺畅地接住彼此的投球。"

在心眼里，在黑暗房间里相对而坐的孔澄和康敏行，一来一往地向彼此互传着棒球。

"成功了。"

"好，像我以前教你种梦的方法那样，看着康敏行的眼睛，告诉他，今晚请他把梦境传送给你。好好看着康敏行的眼睛，把这句话重复三次。"

孔澄依巫马的指示好好做了。

"现在让康敏行站起来离开房间，回去他原来的地方吧。"

孔澄点点头，说："他已经离开了。"

"慢慢睁开眼睛来。"

孔澄缓缓睁开眼睛。

房间、椅子、康敏行、棒球，全都消失了。

巫马仍然好端端地与她相对坐在床上。

"今晚，就让我们一起进入康敏行的梦境，看看他所吃掉的梦吧。"

孔澄和巫马走在厚厚的红地毯上，穿过某条通道，掀开低垂着的绒帘，眼前是一个像剧院般的偌大场所。

"哦，是戏院。巫马想和我去看什么片子？"孔澄转过脸看向巫马。

巫马凝视着自己在掀开绒帘的手。

"孔澄，我们在梦中。看看你的手，回想起来了吗？我们在康敏行的梦中。"

孔澄举起右手。

现实的意识被拉进梦境中。

对了，我们吃掉了康敏行的梦。

我们在康敏行的梦境中。

覆盖着巨大银幕的布帘缓缓朝左右滑开，片子好像快要开始放映了。

巫马和孔澄在第一排的座位坐下。

"这就是康敏行的梦境？"孔澄压低声音，像生怕会惊动谁般问。

"嗯。"巫马抱起胳臂，把目光专注地投向银幕。

银幕上首先出现莫知言的身影。

他手里拿着一叠纸，站在莫家的客厅中央，忍俊不禁地耸动着肩膀在笑。

"饶了我吧，我没有半个演艺细胞，不懂跟你排戏的啦。"

穿着 T 恤与短裤的莫皑盈走进镜头中，一把拉着莫知言的手。

"来啦，来啦，我明天要去参加剧团招募会哦。你也想你宝贝妹妹成功的吧？快点念好台词。"

莫皑盈活泼地朝哥哥扮个鬼脸。莫知言没好气地伸手捏了捏妹妹的脸颊。

"我真是苦命。"莫知言没好气地摊摊手，"好，来吧，亲爱的朱丽叶……"

莫知言强忍着爆笑的脸，蹙着眉念着纸上的台词。

"喂，正经点啦，你这副模样，我根本投入不了嘛。"

莫皑盈也忍俊不禁地笑起来。

这还是孔澄第一次看见莫皑盈的笑脸。

那洒满阳光的笑脸，耀眼动人。

"我真的不行呀。"莫知言举手投降。

两兄妹弯着腰，笑得喘不过气来。

银幕突然没入黑暗中，画面再亮起来时，可以看见莫皑盈照着镜子在涂唇彩。

莫皑盈坐在贺菊睡房里的梳妆台前，在薄薄的嘴唇上仔细地涂抹唇彩。

"喂，你的口红好漂亮。"莫皑盈转过脸去。

贺菊走到莫皑盈身后搭着她的肩膀，两人一起看镜子。

"皑盈适合粉一点的色调啦。你涂胭脂红色像小孩扮大人。"贺菊看着莫皑盈在镜子中的面孔说。

"什么？"莫皑盈凝视着自己镜子中的脸，"真的吗？"

"假的。"贺菊笑起来，"说你涂起来漂亮，你又不问自取拿走我的唇膏。"

贺菊翻翻白眼，推推莫皑盈的肩头。

莫皑盈把脸转回镜子中。

两个女孩看着自己在镜子中的美丽姿影会心一笑。

画面再次淡出，接下来，是郊外的风景。

看起来很年轻的蒋杰在两旁种满绿树的小径上踏着单车。

"追过你了，追过你了。"

看来只有十五六岁的莫皑盈踏着红色单车潇洒地超越了蒋杰。

"是我让你呀。"蒋杰摇头笑着说。

已越过蒋杰的莫皑盈回过头来，长发在风中飘飞。

"那我们来比赛，斗快到小食亭去。一、二、三，开始。"莫皑盈微喘着气笑嚷。

"你使诈，我还没准备好呀。"蒋杰嘀咕着，赶忙大力踏着单车。

蓝色与红色的单车在染满夕阳的郊外小径上并行奔驰远去。

在人声喧闹的热闹酒家中，莫皑盈垂着脸朝盥洗室的方向走去。

李大为捧着冒着热气的锅子，匆匆横过店面。

"小李。"背后有人在唤李大为。

李大为反射性地回过脸去，脚步还在继续向前移动。

一个小孩一边喧嚣地尖叫着，一边横跑到李大为面前，一脚踢到李大为的鞋头。

"呀。"李大为哼了一声，手下一软，手上的锅子向旁边倾斜。

莫皑盈听见声音抬起脸来。

一张清纯无瑕的脸。

眼眸水盈盈。

薄薄的嘴唇讶异地张开。

那双水灵灵的瞳眸，泛起惊怖的神色。

那张脸，一直在李大为眼前晃动着。

清纯无瑕的脸。

水盈盈的眼眸。

薄薄的嘴唇。

僵硬的表情。

惊怖的神色。

一直一直，重复地在李大为眼前晃动。

然后，那张完美的脸，一块一块地剥落，一寸一寸地崩塌。

像被火熔化的蜡像般，熔化成面目模糊的残骸。

"啊。"巫马和孔澄一起从梦中惊醒过来。

两人失神地坐在床上，良久默默无语。

"康敏行就是为了这些零碎的梦境片段，吃掉那些人的梦？"孔澄茫然地开腔。

"那是康敏行的修罗道吧。唯有在别人的梦中，他才能看见他仍想紧抓着不放的爱情残像。"

巫马叹一口气，用双手捂着面孔，疲倦地说。

Chapter 10 梦中的永恒

巫马和孔澄抵达康家气派的宅第时，貘早已在花园等着他们。

"你们终于来了。这场游戏，我还是输了。"

貘用手挡着刺眼的阳光，看着由远走近的巫马和孔澄，以豁然的表情微笑着。

"是你替康敏行吃掉那些人的梦境的。但是，也是你，引导我们一步一步找出真相。为什么？"

巫马和貘相对而立。

貘衰老的身躯微微佝偻着，更显得巫马的身躯挺拔轩昂。

"我不是说，我是为了成就最后一桩美事才回来的？"貘以浑浊的声音说，"康敏行找到我时，我决定帮助他，并不是因为他愿意付出巨额的金钱。"

"嗯？"孔澄困惑地皱起眉。

"孔澄，在梦之国中，你看见莫皑盈崩塌的脸时，不是也别过脸去了？"

貘凝视着孔澄的眼睛。孔澄羞愧地垂下头。

"康敏行，不过做了和你相同的事情罢了。他是爱着那个女孩的。可是，他不是神，他只是个普通的男人。"

貘从口袋里掏出一个白色信封交给巫马。

"这是康敏行的自白书。他人在里面。"貘指指背后的大宅，"但在进去以前，我希望你们能好好读完这份……遗言。"

"康敏行自杀了？"孔澄惊呆地嚷。

貘摇摇头。

"他在屋里等待着我们。看过这封信，你们就会明白了。"

巫马翻开信纸，开始读着康敏行最后的信。

巫马、孔澄：

是我杀死了皑盈。

不是用我的双手杀死了她。

而是因为我的懦弱，令她走上自杀之途。

我和皑盈，在两年前认识。熟识我的巫马你也知道，我一向是玩世不恭的人，坦白说，从来没对什么女孩认真过。

认识皑盈，是因一次工作调查的关系，闯进了她工作的剧院追捕犯人。

当时，皑盈正在台上进行彩排。

原本应该心无旁骛地追着犯人的我，却不可思议地被舞台上的她吸引住了。

就是所谓的一见钟情吧？

双腿拼命跑着，追捕着犯人的我，看见了舞台上的她，而产生了此后的人生即将改变的预感。

以前我所交往的女朋友，我都会爽朗地介绍给组织的朋友认识。

因为总是不断地换女朋友，所有人都觉得我是个花花公子。

但是，和皑盈一起以后，对她的占有欲，连我也感到惊讶。

皑盈是属于我一个人的。我只想把她收藏在自己的口袋里。

就是那样的感觉。

我们相恋了一年，感情无风无浪。

像是命运注定邂逅的两个人，终于找到彼此。

我和她也深信，我们将携手共度未来的人生。

我们是地球上最幸福的两个人。我常常傻傻地如此想。

然后，那件意外发生了。

皑盈在医院接受深切治疗时，因为皮肤高度灼伤而受了细菌感染，生命危在旦夕。

那时候，我每天在医院默祷，只要她活下来就好。

是的，我相信，只要她活下来就好。

可能上天听了我诚心的祷告，皑盈终于获救了。

那时候的我，激动得哭泣起来。

只要她活下来就好。

我当然知道皑盈被毁容了。

最初的一个月，皑盈脸上缠着绷带。

我以为自己有足够的心理准备，面对毁容后的她。

即使失去了漂亮的脸孔，她仍是我深爱的女人。我一直如此相信着。

我甚至跑去图书馆看了无数被烫伤后的病人的脸。

我为自己做好心理准备，一定要以平常开朗的笑容，慰藉痛苦的她。

然后，医生在我和莫知言面前解开了她脸上的绷带。

怎么说呢？

我爱皑盈。从心底深爱着她。我从来没有丝毫怀疑过自己的心情，即使在面对着她被毁了的面孔那一刻。

但是，在心底深处，我感到一股莫名的恐惧。

是的。是恐惧。

看着皑盈被毁容后的脸，我没有感到厌恶。

我只是被一种莫名的恐怖感笼罩住。

站在我面前的，明明是皑盈。但是，我最爱的女人，忽然令我感到无比陌生。

我并不是想找借口推搪什么。

只是，看着那张毁容后的脸，一瞬间，我心里充满了迷惘。

站在我面前的，好像是一个感觉遥远的陌生人。

与我一起共度过无数晨曦与晚上的皑盈，并不是眼前的人。

虽然明知道那样想很卑劣，但那强烈的非现实感，还是冲击着我。

当然，我在皑盈面前没有表露出来。

我紧握着她的手，把她拥进怀里。

我在她耳畔说，我们一定可以克服一切。

因为，我们真心相爱。

以灵魂相爱。

我找到了外国著名的整形医师。

莫知言筹措的钱，是我给他的。

皑盈是我未来的妻子，丈夫替妻子负担手术费用，原是天经地义的事。

只要等待皑盈的伤口愈合，就可以去美国准备动手术。

我和皑盈，一直那样满心期待着。

但是，在等待的日子里，我还是无法不承认，我害怕面对皑盈。

每次去医院探望她，强装起平静的表情看着她时，都有一股别过脸去的冲动。

面前的她，真的是我爱的女人吗？

心里总升起那样的恐惧。

但是，我以为自己掩饰得很好。

皑盈在医院里留医了三个月，在那最后的一个月，我开始以工作忙碌为借口，常常逃避去探望她。

每天，我还是会打无数次电话给她，唯有她不变的声音，安抚着我，告诉我一切从未改变。

我打算完成手上的调查后，就辞去组织的工作，陪伴皑盈一起去美国，我们预定在那边逗留一年。

我们在电话中，每天像抓着怒涛中的浮木般，诉说着在美国成功完成手术后，重新展现在我们眼前的未来。

只要手术成功，我们的生活就会恢复原状。

我们不断鼓励着彼此。

然而，皑盈好像还是察觉到了我回避去探望她的心情。

她好几次自然地提出，是时候介绍我让她爸爸认识。

我却一直拖延着。

我害怕见她的爸爸。

莫知言对我一直陪伴在他妹妹身旁，一直心怀感激。

但是，我开始无法正视他的眼睛。

是男子汉的话，应该跟他坚定地说："一切交给我，我会好好照顾你妹妹。"

那话好几次涌到嘴边，我却无法说出口。

每次看见皑盈的脸，我无法不泛起陌生又恐惧的感觉。

我只想去美国的日子早日到来。

一年后，我们便能开始新生活。

一切重新开始。

然后，平安夜来临了。

我仍然找寻着借口，逃避与皑盈见面。

平安夜的晚上，皑盈打电话给我，她好像喝醉了。

那时候，其实我没在查案，不过在家中，也是在借酒浇愁。

皑盈在电话中幽幽地问我："是不是想分手？"

怀着醉意的我一再地回答："不是。"

"你在逃避我？"皑盈像鼓起勇气般问。

"没有。只要到了美国，就没事了。"我安慰着她。其实是在安慰自己。

"你喜欢的是我？还是我的面孔？"这一天，皑盈终于问了。

想必那是面容被毁了的她，过去三个多月，每天想着的问题。

我想坚定地回答："当然是喜欢你，面孔的事无关紧要。"

但是，那一刻，我无法发出声音来。

我们两人，真的是仅以灵魂相爱吗？

爱上皑盈的一刻，我是看着她的面孔和身体爱上她的。

她的灵魂，比她的外表更可爱，所以，我更深爱她。

但是，爱一个人，真的能把肉体和灵魂分开来衡量吗？

我不是一直等待着美国的手术，等待着她恢复她的面容吗？

我无法厚着脸皮说，即使你永远拥有现在这张脸，我也同样深爱着你。

我无法说出那样的谎言。

一直以来，我逃避着去见皑盈，或许不是逃避看见她毁容后的脸。

我是在逃避自己，逃避面对真实的自己。

逃避面对，我所拥抱的爱情，就只是那样肤浅的虚像。

我恐惧面对自己的内心。

然后，我哭着说了："皑盈，对不起。我无法若无其事地面对那样的你。"

其实，我是无法面对自己。

在那一瞬间，我可以感觉到，我们两人心里有某些东西，某些对追寻和维系爱情而言必要的东西，永远地剥落了，再也无法还原。

我们默默无言地一直握着话筒。

"阿行，谢谢你。你是个好人。"电话另一端，皑盈静静地说。

　　我再三安抚着皑盈和自己："只要去了美国，一切就可以恢复原状了，我们可以重新开始。我们还可以一起共度无数个十年。"

　　"嗯，是啊，那样就好。"皑盈以轻快的语调说，"圣诞快乐。"

　　"圣诞快乐。"我有点松一口气地放下话筒。

　　那便是我最后一次跟皑盈说话。

　　皑盈在那天晚上自杀了。

　　我无法明白，她为什么不等待去美国动手术的日子。

　　但是，在心的一隅，我明白，是我杀死了她。

　　如果一切就那样终结就好。

　　如果一切就那样终结，至少只有我一个人永远怀着自责和内疚活下去。

　　然而，在皑盈的葬礼上，莫知言对亲友致辞的说话，在我心里埋下了日后悲剧的种子。

　　莫知言说："直到现在，妹妹每晚还是会在我梦中出现。"

　　那一句说话，以我无法想象的力量，在我心里带来崩溃性的冲击。

　　"直到现在，妹妹每晚还是会在我梦中出现。"

　　皑盈去世后，我从来没有梦见她。

　　不只在我的人生中，连在我梦中，她也永远地消失了。

　　我深深地，深深地，嫉妒着每晚梦见她的莫知言。

203

然后，齐教授来到了组织，提交了研究吃梦者的计划书。

我像是遇溺的人，突然找到了浮木。

我只想再见皑盈，只要再见到她就好。

我想起了巫马的师傅貘。

组织内一直有各种各样的传说。

貘的死亡，孰真孰假，一直是个谜。

一个天马行空的计划渐渐在我心里成形。

我无法忍受皑盈只在别人的梦境出现。我无法忍受她唯独拒我于梦境之外，像控诉着我般别过去的背影。

我透过梦析集会，集合了莫知言、贺菊、蒋杰和李大为。

我好想再见皑盈，好想再跟她相会。

即使是别人的梦境，我只想再看见她。

我在美国找到了貘，貘同情我的愚痴，答应了我匪夷所思的请求。

然后，我的计划，顺利地进行了。

最初不过是大胆的假设。

当貘成功尝试吃掉他们的梦境后，我终于证实了，皑盈的倩影，存活在他们每一个人的梦境中。

皑盈在梦中，永恒地与他们一起。

在别人的梦境中，我获得无上的快乐。

每晚在梦中，我与皑盈重逢了。

虽然只能作为偷窥者，看着皑盈在梦中与其他人一起，但只要看见她的一颦一笑，我还是心满意足了。

我哀求着貘，长时间为我吃掉他们的梦境。

我像个瘾君子般，渴求着梦中皓盈的姿影。

在梦中，皓盈没有死去。

皓盈仍然活色生香地在我眼前。

唯有在梦境中，皓盈永远没有死去。

唯有在梦境中，皓盈永恒地存活。

我开始觉得，现实的世界是虚假的。

梦中的一切，才是真实。

貘是打算在他行将油尽灯枯时，用他吃梦的能力，完成最后一桩美事的。

用他的力量，让我和皓盈在梦中再次相逢。

然而，我们都没有想过，长期吃掉人们的梦，真的会导致他们心智失常，逐一走上绝路。

以后的事，你们大概已经猜到了。

我想隐瞒我闯下的弥天大祸。但是，貘在发现自己种下的恶果时，出卖了我。

我不知道蒋杰的遗书是貘伪造的。

对于蒋杰会发现自己精神崩溃是因为梦境被吃掉了，我只感到心寒。

秘密还是被发现了。

但是，我不可以放弃皓盈的梦境。

无论付出什么代价，都不愿意放弃我和皓盈最后的牵系。

组织召唤了亚马你回来。

我想，无论如何，巫马和孔澄都不会怀疑到我身上。

人，总是会被自己的感情蒙蔽眼睛，不是吗？

不过，当你们一步一步贴近真相，我便发现了。

我这个偷窥者的时日已无多。

貘告诉了我他在等待你们捉拿我们。

那时候，我才知道貘出卖了我。

我和貘作出了最后的打赌。

爱情是一面镜子，照出我们真实的自己。

当遇上真正的考验时，我们谁都会放开那曾以为永远不愿放开的手。

爱情，就是那样肤浅的东西，不是吗？

貘把你和孔澄锁进了他的梦中。

貘说，这是最后的游戏。

他原本就是为了巫马你才回来的。

走到生命的尽头，他原想再一次显示他的力量。

抱着父亲的心情，让儿子永远为他骄傲。

在那个最后的梦境游戏中，他埋下了找到真相的所有线索。

那是对他的徒儿你所下的战书，也是他与我的赌博。

我已经不再相信，世上有经得起考验的爱情。

保护自己，不就是每个人生存的本能吗？

然而，我输了。

你和孔澄，战胜了我。

在那梦境中，当孔澄把枪交给你时，我便输了。

有些爱情，可以坚持到最后。

我却没有做到。

对不起。我这个你最宠爱的小弟，让你失望了。

我不打算接受法律的制裁，因为我无法放弃皓盈的梦。

这是我永远的修罗道。

康敏行

孔澄缓缓抬起脸来。

在"海萤"的故事中，低能儿最后追随着小姑娘，投河自尽了。

"康敏行自杀了？"

貘悲伤地摇头，说："我们现在可以进去见他了。"

貘领先走进了康家的宅第。

康敏行睡在床上，好像正在做着酣畅的好梦般，嘴角挂着一个恬静的微笑。

"小康。"巫马在他床前弯下身，摇动着他的肩膀。

"我想，他不会醒来了。"貘沉声说。

巫马愕然地抬起脸来睒着貘。

两人四目交投，貘低声叹息一声，巫马脸上慢慢露出恍然大悟的神情。

"是'假睡'？"

貘缓缓点头。

"直至现在，科学也无法解释的一种疾病。过着正常生活的人，有一天突然沉入睡梦中，但那不同于昏迷，患者只是睡着了。有些患者一两天后便会醒来，有些会睡上一两个星期，也有长眠不起的病例。医学界至今还没法找到病因。"

"康敏行，想永远留在梦之国里吧？"孔澄看着康敏行微笑的嘴角，静静地说。

"在那里，并没有幸福吧？他永远是个偷窥者。他拥有的，不过是别人的梦境。"

巫马一脸沉痛。

"那便是他的修罗道吧？人总要为自己每一瞬间的选择，付出代价。"貘说。

孔澄流下泪。

命运对康敏行和莫皑盈太残酷了吧？

他们面对的，是谁也越不过的试炼。

孔澄想起康怀华的话。

坠入爱河是简单不过的事，如何保护爱情，才是人们穷尽一生也越不过的试炼。

所有爱情，到最后，都不过是一场虚梦。

孔澄看向康敏行枕边，只有莫皑盈的照片，永远伴着长眠的他。

那天夜里，孔澄做了一个梦。

梦中，孔澄再次回到了海萤漫天飞舞的河畔。

孔澄坐在河边，听着潺潺的流水声，凝视着在黑暗中如梦似幻的蓝色荧光。

"莫皑盈和康敏行，连化身萤火虫那样渺小的幸福也没有。为什么？"孔澄泪眼迷蒙地喃喃自语。

"因为他们放开了牵着彼此的手。从那时候开始，属于他们爱的魔法，便永远幻灭了。"

巫马在孔澄身旁坐下。

两人在梦中静静牵着手。

"哦。"孔澄看着两人握着的手，"巫马，这是梦境。"

"嗯。"巫马点点头，"不过是场梦。"

如星星般闪亮的海萤，照亮了黑夜的河川。

如虚似幻的海萤，像载着一个个易碎的梦，继续死心不息地飞舞。

（完）